Carme
olé Vendrell

卡梅·索莱·本德莱尔 （1944— ）

西班牙童书作家、插画师，出生于巴塞罗那。曾获西班牙国家插图奖，为百余部作品绘制插画。

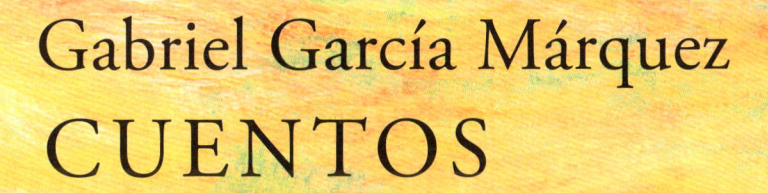

Gabriel García Márquez
CUENTOS

Ilustrados por
Carme Solé Vendrell

光 恰 似 水

〔哥伦比亚〕加西亚·马尔克斯 著
〔西班牙〕卡梅·索莱·本德莱尔 绘
罗秀 陶玉平 刘习良 笋季英 译

新经典文化股份有限公司
www.readinglife.com
出 品

目录

Contents

- **礼拜二午睡时刻**
  刘习良、笋季英 译 / 1

- **巨翅老人**
  陶玉平 译 / 21

- **幽灵船的最后一次航行**
  陶玉平 译 / 41

- **福尔贝斯太太的快乐夏日**
  罗秀 译 / 59

- **光恰似水**
  罗秀 译 / 83

- **玛利亚·多斯普拉泽雷斯**
  罗秀 译 / 101

礼拜二午睡时刻

La siesta
del martes

La siesta del martes

火车刚从震得发颤的赤褐色岩石隧道里开出来,就进入了一望无际、两边对称的香蕉林带。这里空气湿润,海风消失得无影无踪。从车窗飘进一股令人窒息的煤烟气。和铁路平行的狭窄小道上,有几辆牛车拉着一串串青香蕉。小道的另一边是光秃秃的空地,那里有装着电风扇的办公室、红砖砌成的兵营和一些住宅,住宅的阳台掩映在沾满尘土的棕榈树和玫瑰丛之间,阳台上摆着乳白色的椅子和小桌子。这时候正是上午十一点,天还不太热。

"你最好把车窗关上。"女人说,"要不,你会弄得满头都是煤灰的。"

小女孩想把窗子关上,可车窗锈住了,怎么也拽不动。

她们是这节简陋的三等车厢里仅有的两名乘客。机车的煤烟不停地飘进窗子里来。小女孩离开座位,把她们仅有的随身物件——一个塑料食品袋和一束用报纸裹着的鲜花——放了上去,自己坐到对面离窗较远的位子上,和母亲正好脸对脸。母女二人都穿着褴褛的丧服。

小女孩十二岁，这是她第一次出远门。那个女人的眼皮上青筋暴露，她身材矮小羸弱，身上没有一点线条，穿的衣服裁剪得像件法袍。要说是女孩的母亲，她显得太老了一些。整个旅途中，她一直是直挺挺地背靠着椅子，两手按着膝盖上的一个漆皮剥落的皮包，脸上露出那种安贫若素的人惯有的镇定安详。

十二点，天热起来了。火车在一个荒无人烟的车站停了十分钟，加足了水。车厢外面的香蕉林里笼罩着一片神秘的静谧，树荫显得十分洁净。然而，凝滞在车厢里的空气却有一股未经鞣制的臭皮子味。火车慢腾腾地行驶着。又在两个看不出差别的小镇上停了两次，镇上的木头房子都涂着鲜艳的颜色。女人低着头，昏昏沉沉地睡着了。小女孩脱掉鞋子，然后到卫生间去，把那束枯萎的鲜花浸在水里。

她回到座位的时候，母亲正在等她吃饭。妈妈递给她一片奶酪、半个玉米饼和一块甜饼干，又从塑料袋里给自己拿出来一份。吃饭时，火车徐徐穿过一座铁桥，又经过了一个小镇。这个小镇也和前两个小镇一模一样，只是这里的广场上麇集着很多人。炎炎烈日下，乐队正在演奏一支欢快的曲子。小镇的另一端是一片因干旱而龟裂的平原，种植园到此为止了。

女人停下来不吃了。

"把鞋穿上。"她说。

小女孩向窗外张望了一下。映入她眼帘的只有那片荒凉的旷野。火车又开始加速了。她把最后一块饼干塞进袋子里，连忙穿上鞋。妈妈递

La siesta del martes

给她一把梳子。

"梳梳头。"妈妈说。

小女孩正在梳头的时候，火车的汽笛响了。女人擦干脖子上的汗水，又用手指抹去脸上的油污。小姑娘刚梳完头，火车已经开进一个小镇。这个小镇比前面几个要大一些，然而也更凄凉。

"你要是还有什么事，现在赶快做。"女人说，"接下来就算渴死了，到哪儿也别喝水。尤其不许哭。"

女孩点点头。窗外吹进来一股又干又热的风，夹带着火车的汽笛声和破旧车厢的哐当哐当声。女人把装着吃剩食物的袋子卷起来，放进皮包里。这时候，从车窗里已经望得见小镇的全貌。这是八月的一个礼拜二，小镇上阳光灿烂。小女孩用湿漉漉的报纸把鲜花包好，又稍微离开窗子一些，目不转睛地瞅着母亲。母亲也用温和的目光看了她一眼。汽笛响过后，火车减低了速度。不一会儿就停了下来。

车站上空无一人。在大街对面巴旦杏树荫下的便道上，只有台球厅还开着门。小镇热得像个蒸笼。母女俩下了车，穿过无人照料的车站，车站地上墁的花砖已经被野草挤得开裂。她们横穿过大街，走到树荫下的便道上。

快两点了。这个时候，镇上的居民都困乏得睡午觉去了。从十一点起，商店、公共机关、市立学校就关了门，要等到将近下午四点钟回程火车经过的时候才开门。只有车站对面的旅店、旅店附设的酒馆、台球厅以及广场一侧的电报局还在营业。这里的房子大多是按照香蕉公司的式样盖的，门从里面关，百叶窗开得很低。有些住房里面太热，居民就在院子里吃午饭。还有些人把椅子靠在巴旦杏树荫下，在大街上睡午觉。

母女俩沿着巴旦杏树荫悄悄地走进小镇，尽量不去惊扰别人午睡。她们径直朝神父的住处走去。母亲用手指甲划了划门上的纱窗，等了一会儿又去叫门。屋子里电风扇嗡嗡作响，听不见脚步声。又过了一会儿，大门轻轻地吱扭了一声，几乎听不见。紧接着，在离纱窗不远的地方有人小心翼翼地问："谁啊？"母亲透过纱窗朝里张望了一眼，想看看是谁。

"我要找神父。"她说。

"神父正在睡觉。"

"我有急事。"妇人坚持道。

她的声调很平静，又很执拗。

大门悄悄地打开了一条缝，一个又矮又胖的中年妇女探身出来。她肤色苍白，头发是铁青色的，眼睛在厚厚的眼镜片后显得特别小。

"请进吧。"她一面说，一面把门打开。

她们走进一间溢满陈腐花香的客厅。开门的那个女人把她们引到一条木头长凳前，用手指了指，让她们坐下。小女孩坐下了，她母亲愣愣地站在那里，两只手紧紧抓住皮包。除了电风扇的嗡嗡声外，听不到一点其他声音。

开门的那个女人从客厅深处的门里走出来。

"他叫你们三点钟以后再来。"她把声音压得低低地说，"他才躺下

La siesta del martes

五分钟。"

"火车三点半就要开了。"母亲说。

她的回答很简短,口气很坚决,不过声音还是那么温和,流露出复杂的感情。开门的女人第一次露出笑容。

"那好吧。"她说。

客厅深处的门又关上时,来访的女人坐到她女儿身边。这间窄小的客厅虽然简陋,但很整洁。一道木栏杆把屋子隔成两半。栏杆内有一张简朴的办公桌,铺着一块橡胶桌布。桌上有一台老式打字机,旁边放着一瓶花。桌子后面是教区档案。看得出这间办公室是一个单身女人收拾的。

客厅深处的门打开了。这一次,神父用手帕揩拭着眼镜,从里面走出来。他一戴上眼镜,马上能看出他是开门的那个女人的哥哥。

"有什么要帮忙的吗?"他问。

"借用一下公墓的钥匙。"女人说。

女孩坐在那里,把那束鲜花放在膝盖上,两只脚交叉在长凳底下。神父瞅了女孩一眼,又看了看那个女人,然后透过纱窗望了望万里无云的明朗天空。

"天太热了。"他说,"你们可以等到太阳落山嘛。"

女人默默地摇了摇头。神父从栏杆里面走出来,从柜子里拿出一个油布面的笔记本、一支蘸水钢笔和一瓶墨水,然后坐在桌子旁边。他已经谢顶,两只手却毛发浓重。

"你们想去看哪一座墓？"他问道。

"卡洛斯·森特诺的墓。"女人回答说。

"谁？"

"卡洛斯·森特诺。"女人重复了一遍。

神父还是不明白。

"就是上礼拜在这儿被人打死的那个小偷。"女人不动声色地说，"我是他母亲。"

神父打量了她一眼。那个女人忍住悲痛，两眼直直地盯着神父。神父的脸唰的一下红了。他低下头写字。一边写一边询问那个女人的身份信息，她毫不迟疑、详尽准确地作了回答，仿佛是在朗读文章。神父开始冒汗。小女孩解开左脚的鞋扣，把鞋褪下一半，脚后跟踩在鞋后帮上。然后又把右脚的鞋扣解开，也用脚跟拉着。

事情发生在上礼拜一凌晨三点，离这里几个街区的地方。寡妇雷薇卡太太孤身一人住在一所堆满杂物的房子里。那天，在细雨的淅沥声中，雷薇卡太太听见有人从外边撬临街的门。她急忙起来，摸黑从衣柜里拿出一支老式左轮手枪。这支枪自从奥雷里亚诺·布恩迪亚上校那时候起就没有人用过。雷薇卡太太没有开灯，就朝大厅走去。她不是凭门锁的响声来辨认方向的，二十八年的独身生活在她身上激发的恐惧感使她不但能够想象出门在哪里，而且能够准确地知道门锁的高度。她两手举起枪，闭上眼睛，猛一扣扳机。这是她生平第一次开枪。枪响之后，周围立刻又寂然无声了，只有细雨落在锌板屋顶上发出的滴滴答答的声响。

La siesta del martes

她随即听到门廊的水泥地上响起了金属的碰击声和一声低哑的、有气无力的、极度疲惫的呻吟："哎哟！我的妈！"清晨，在雷薇卡太太家门前倒卧着一具男尸。死者的鼻子被打得粉碎，他穿着一件法兰绒条纹上衣，一条普通的裤子，腰上没有系皮带，而是系着一根麻绳，光着脚。镇上没有人知道他是谁。

"这么说，他叫卡洛斯·森特诺。"神父写完，嘴里咕哝道。

"森特诺·阿亚拉。"那个女人说，"是我唯一的儿子。"

神父又走到柜子跟前。在柜门内侧的钉子上挂着两把大钥匙，上面长满了锈。在小女孩的想象中，在女孩母亲幼时的幻想中，甚至在神父本人也必定有过的想象中，圣彼得的钥匙就是这个样子的。神父把钥匙摘下来，放在栏杆上那本打开的笔记本上，用食指指着写了字的那页上的一处地方，眼睛瞧着那个女人，说：

"在这儿签个字。"

女人把皮包夹在腋下，胡乱地签上了自己的名字。小女孩拿起鲜花，趿拉着鞋走到栏杆前，两眼凝视着妈妈。

神父吁了一口气。

"您从来没有试过把他引上正道吗？"

女人签完字，回答说：

"他是个非常好的人。"

神父看看女人，又看看女孩，看到她们根本没有要哭的意思，感到颇为惊异。

那个女人还是神色自如地继续说：

"我告诉过他，不要偷穷人家的东西，他很听我的话。然而过去，他当拳击手，常常被人打得三天起不来床。"

"他不得不把牙全都拔掉了。"女孩插嘴说。

"是的。"女人证实说，"那时候，我每吃一口饭，都好像尝到礼拜六晚上他们打我儿子的滋味。"

"上帝的意志是难以捉摸的。"神父说。

神父本人也觉得这句话没有多大说服力，一是因为人生经验已经多少把他变成了一个怀疑主义者，再则是因为天气实在太热。神父叮嘱她们把头包好，免得中暑。他连连打着哈欠，几乎就要睡着了。他睡意蒙眬地指点母女俩怎样才能找到卡洛斯·森特诺的墓地。还说回来的时候不用叫门，把钥匙从门缝下塞进来就行了。要是对教堂有什么布施，也放在那里。女人仔细听着神父的讲话，向他道了谢，但脸上没有丝毫笑容。

在临街的门打开之前，神父就觉察到有人把鼻子贴在纱窗上往里瞧。那是一群孩子。门完全敞开后，孩子们立刻一哄而散。在这个钟点，大街上通常没有人。可是，现在不光孩子们在街上，巴旦杏树下面还聚集着一群群的大人。神父一看大街上乱哄哄的反常样子，顿时就明白了。他悄悄地把门关上。

"等一会儿再走吧。"说话的时候，他没看那个女人。

神父的妹妹从里面的门里出来。她在睡衣外又披了一件黑色上衣，头发散披在肩上。她一声不响地瞅了瞅神父。

"怎么样？"他问。

"人们都知道了。"神父的妹妹喃喃地说。

"那最好还是从院门出去。"神父说。

"那也一样。"他妹妹说，"窗子外面净是人。"

直到这时，那个女人好像还不知道出了什么事。她试着透过纱窗往大街上看，然后从女孩手里把鲜花拿了过去，就向大门走去。女孩跟在她身后。

"等太阳落山再去吧。"神父说。

"会把你们晒坏的。"神父的妹妹在客厅深处一动也不动地说，"等一等，我借你们一把阳伞。"

"谢谢。"那个女人回答说，"我们这样很好。"

她牵着小女孩的手朝大街走去。

巨翅老人

Un señor
muy viejo con unas
alas enormes

Un señor muy viejo con unas
alas enormes

　　雨下到第三天，他们已经在家里杀死了太多螃蟹，佩拉约不得不穿过被水淹没的院子把死螃蟹扔到海里去。刚出生的孩子整夜都在发烧，大家觉得这和死螃蟹的恶臭有关系。从礼拜二开始，这个世界就一直凄凄切切的。天空和大海全都灰蒙蒙的，海滩上的沙子在三月里还像燃烧的灰烬一样闪闪发光，现在则变成了混着腐臭海产的烂泥汤。佩拉约扔完螃蟹回来，在中午惨淡的阳光下，费了好大劲也没看清是什么东西在他家院子那头动来动去，还发出哼哼唧唧的声音。他走到很近的地方才发现那是个老人，脸朝下趴在烂泥里，不管怎么使劲也站不起来，碍事的是他那对巨大的翅膀。

　　佩拉约被眼前噩梦般的景象吓坏了，奔去找妻子埃莉森达，后者正在给生病的孩子做冷敷，他把她拽到院子那头。两人目瞪口呆地看着那具倒在地上的躯体，那人穿得破破烂烂，光秃秃的脑壳上只剩几缕白发，嘴里的牙齿也所剩无几，看上去够当曾祖父了，但那副可怜巴巴、浑身

湿透的模样实在撑不起一丝尊严。他那对兀鹫一般巨大的翅膀脏兮兮的，毛也掉了不少，陷在烂泥中拔不出来。佩拉约和埃莉森达仔细观察了一会儿，很快摆脱了惊恐，最后竟觉得似曾相识。于是，他们鼓起勇气和他说话，老人回以一口谁也听不懂的方言，嗓音倒很像水手。就这样，他们忽略了那对麻烦的翅膀，得出一个结论：他一定是哪艘外国轮船被风暴掀翻后孤身流落至此的幸存者。不过，他们还是叫了一位据说通晓生死之事的女邻居过来，她只看了一眼，便揭开了谜底，让他们恍然大悟。

"这是一位天使。"她告诉他们，"肯定是为孩子的事来的，只不过他太老了，被这场雨打落在地上。"

第二天，所有人都知道了佩拉约夫妇在家里逮住了一位有血有肉的天使。按照那位无所不知的邻居的说法，这个时代的天使都是一场天庭叛乱中逃亡的幸存者，夫妻俩不以为然，并没有想去拿根棍子了结他。佩拉约一下午都在厨房里守着他，手里还拿着根警棍，上床睡觉前把他从烂泥里拖出来，和一群母鸡一起关在围着铁丝网的鸡窝里。半夜雨停的时候，佩拉约和埃莉森达还在抓螃蟹。不久，孩子醒了，烧也退了，还想吃东西。于是，夫妻俩慈悲心大发，决定把天使送上一艘木筏，上面放上三天的淡水和食物，让他在外海自生自灭。可是，天刚破晓，他们来到院子里，看见左邻右舍全都聚集在鸡窝前，毫无敬意地戏弄着天使，还从铁丝网的窟窿眼往里面扔吃的，就好像他并不是超自然的造物，而是马戏团的动物。

Un señor muy viejo con unas alas enormes

贡萨加神父也被这离奇的消息惊动了，不到七点钟就赶了过来。比起天刚亮那会儿，这时来围观的人们要沉稳许多，他们对被囚的天使接下来的命运做了各种猜测。一些头脑简单的人觉得他会被任命为世界头领，另外一些生性粗鲁的人则认为他会被提拔为五星将军，所向披靡，还有一些想入非非的人希望把他当作一头种畜留下来，在地球上繁衍出长翅膀的智慧人种，负责管理宇宙。然而，贡萨加神父在从事神职之前是个粗鲁的樵夫，他隔着铁丝网看了看，在心中迅速温习了一遍教义问答，便要求打开鸡窝门，让他可以走近一些看看那个可怜的家伙。在一群迷迷糊糊的母鸡当中，他看上去更像是一只个头巨大的老母鸡，躺在一个角落里，在阳光下张开翅膀晾晒，身旁是早起的人们扔给他的果皮和剩饭。他对人们的不敬无动于衷，当贡萨加神父走进鸡窝用拉丁文向他道早安的时候，他只是抬起老迈的双眼，用他的方言咕哝了一句。堂区神父眼见他听不懂上帝的语言，也不知道向上帝的使者问好，心中升起第一个疑问：这会不会是个冒牌货。接下来神父注意到，他近看太像人类了：浑身散发着恶劣天气带来的臭味，翅膀背面沾着寄生的海藻，较大的羽毛被陆上的狂风吹折了不少，一副可怜相，看不出一丝一毫天使该有的不同凡俗的庄严。于是，神父走出鸡窝，用一句简短的箴言告诫好奇的人们，不要因为天真惹祸上身。他提醒大家，魔鬼往往会用一些花哨的手段迷惑那些不警觉的人。他举例说，就像不能依靠翅膀来区分雀鹰和飞机一样，靠翅膀来确认天使更不靠谱。不过，他答应给主教写封信，请主教给大主教写封信，请大主教给教皇写封信，让最高评判

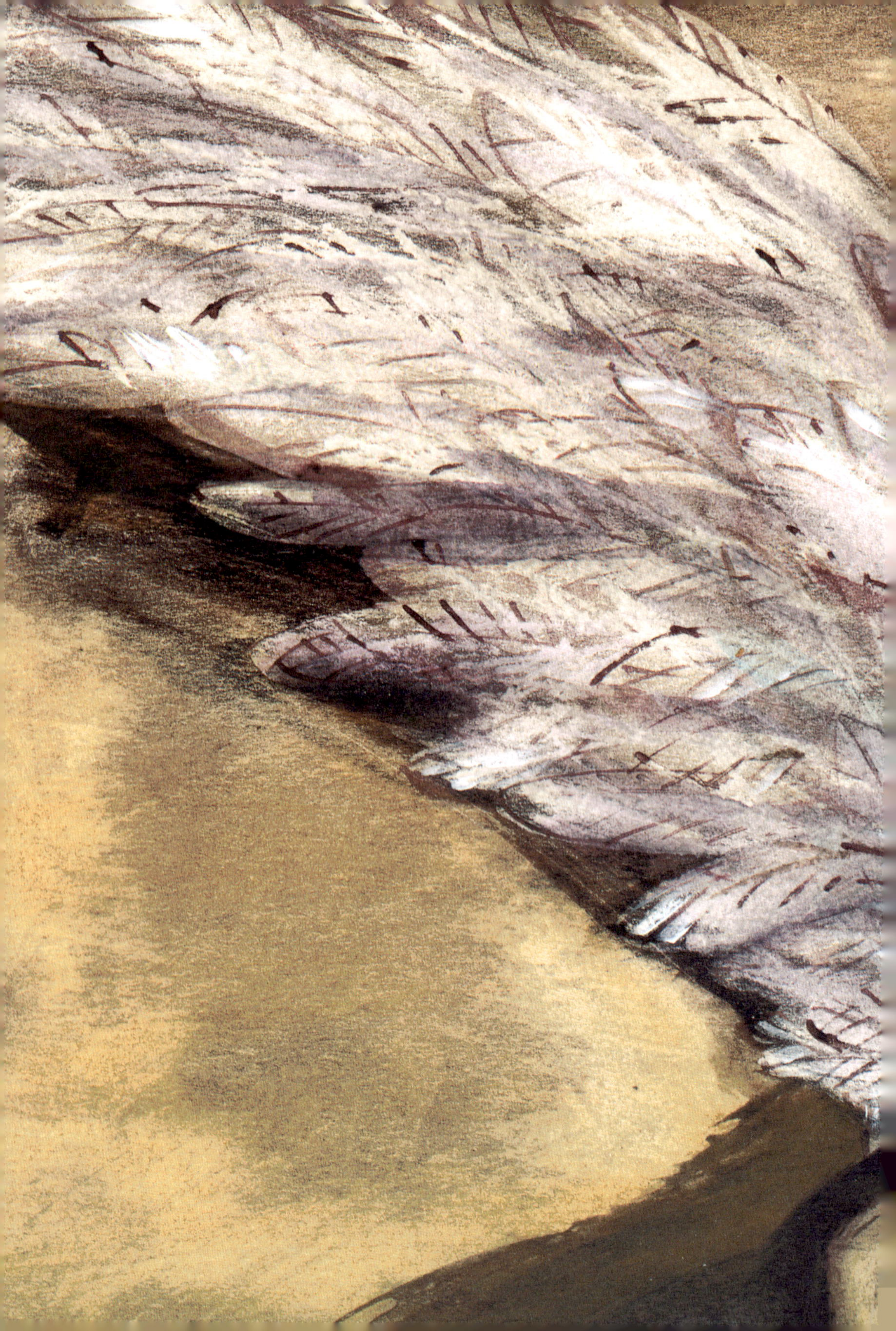

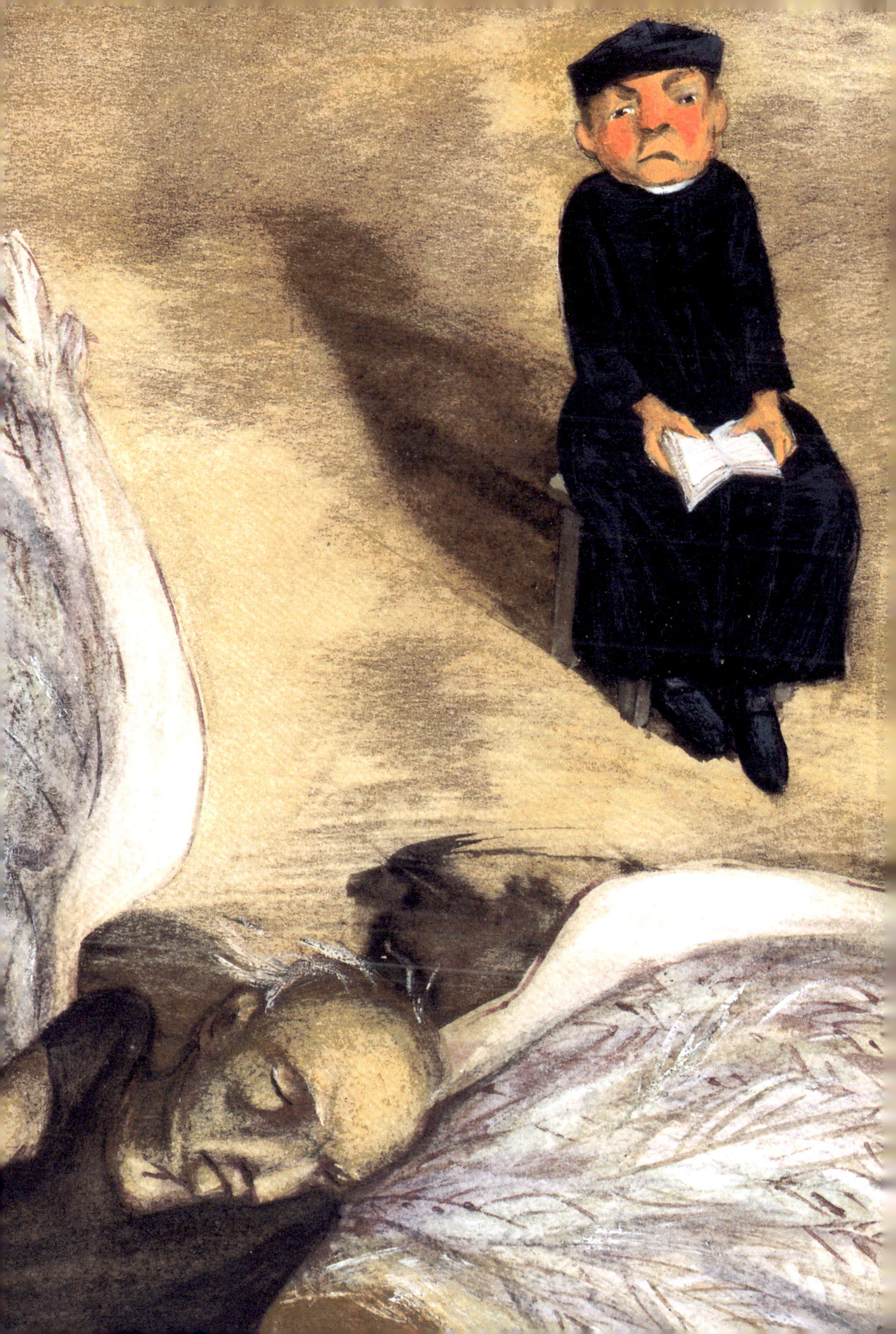

机构来做出最终裁决。

他的谨慎没有在人们贫瘠的心灵中引起任何回应。天使被囚的消息迅速传播开来，几小时以后，院子里已经热闹得像个市场，人挤人都快把房子挤塌了，人们不得不喊来一队上了刺刀的士兵维持秩序。埃莉森达为打扫这个市场上的垃圾腰都快累断了，这时她忽然想到一个好主意：把院子围起来，谁要看天使，一律收五个生太伏。

好奇的人们甚至从马提尼克赶过来。一个流动演出队来到这里，带来一个会飞的杂耍演员，他一次又一次在人群上空呼啸而过，但是没人搭理他，因为他的翅膀不是天使的翅膀，而是铁灰色的蝙蝠翅膀。加勒比地区最不幸的病人都到这里来寻医问药：一个可怜的女人从很小的时候就开始数自己的心跳，现在已经数不过来了，一个牙买加人被星星的声音吵得无法入睡，一个梦游症患者每天夜里起来把自己醒着的时候做的东西一一拆散，还有好多病情稍微轻一些的人。在这地震般的大混乱中，佩拉约和埃莉森达累并快乐着，因为不到一个礼拜，他们的卧室里就装满了钱，排队等候进场的朝圣者有的甚至来自地平线的另一边。

唯一没有参与这件大事的是天使本人。时光一天天过去，他在这个借来的小窝里安顿下来，只是人们放在铁丝网周围的油灯和祭祀用的蜡烛地狱般的热焰烤得他头昏脑涨。一开始，人们试图让他吃樟脑丸，据那位无所不知的女邻居说，这是天使们独享的食物。可是天使看都不看一眼。同样，他尝也没尝就拒绝了寻求救赎的人们带来的教皇才能享用的午餐。最后，他只吃茄子泥，人们永远也不会知道这是因为他是天使

*Un señor muy viejo con unas
alas enormes*

还是因为他太老了。看起来他唯一拥有的超自然的品质就是他的忍耐力。特别是在最初的日子里，母鸡们在他翅膀里啄来啄去找虫子吃，残疾人拔下他的羽毛碰触自己的缺陷，就连那些最虔诚的人都会朝他扔石子，想让他站起来，看看他的全貌。唯有一次他被人激怒了，那人用给牛犊烙印记的烙铁在他身体一侧烫了一下，因为他好长时间一动不动，人们以为他已经死了。他猛地被惊醒，用没人能听懂的语言咆哮着，两眼含着泪花，他扇了两下翅膀，鸡粪和尘土开始旋转，刮起一阵世上少见的可怕狂风。虽然很多人认为他这种反应不是出于愤怒，而是因为疼痛，但从那以后，大家会留心不去惹恼他，因为大多数人都明白了，他的逆来顺受并不属于一位安度暮年的英雄，而是在酝酿一场灾变。

在对这个囚徒本质的最终裁定下来之前，贡萨加神父苦口婆心，独自面对轻浮的大众。然而，从罗马来的信件根本没有紧急的概念。他们议论着这家伙到底长没长肚脐眼，他讲的方言同阿拉米语有没有关系，他是不是能缩小到站在一只别针尖上的程度，或者他会不会干脆就是一个长了翅膀的挪威人，时间就这样过去了。如果不是恰好发生了一件事终止了神父的烦恼，那些慢腾腾的信件你来我往，会一直持续到世纪末日。

事情是这样发生的：那些天，从加勒比过来的流动演出队各种吸引眼球的节目当中，有一个女人的悲惨节目，她因为不听父母的话变成了一只蜘蛛。这个节目不但门票比看天使来得便宜，还允许人们就那女人荒唐的遭遇对她提各种各样的问题，甚至可以翻来覆去地检查她，最终谁都不再怀疑这桩惨事的真实性了。这是一只令人望而生畏的大狼蛛，

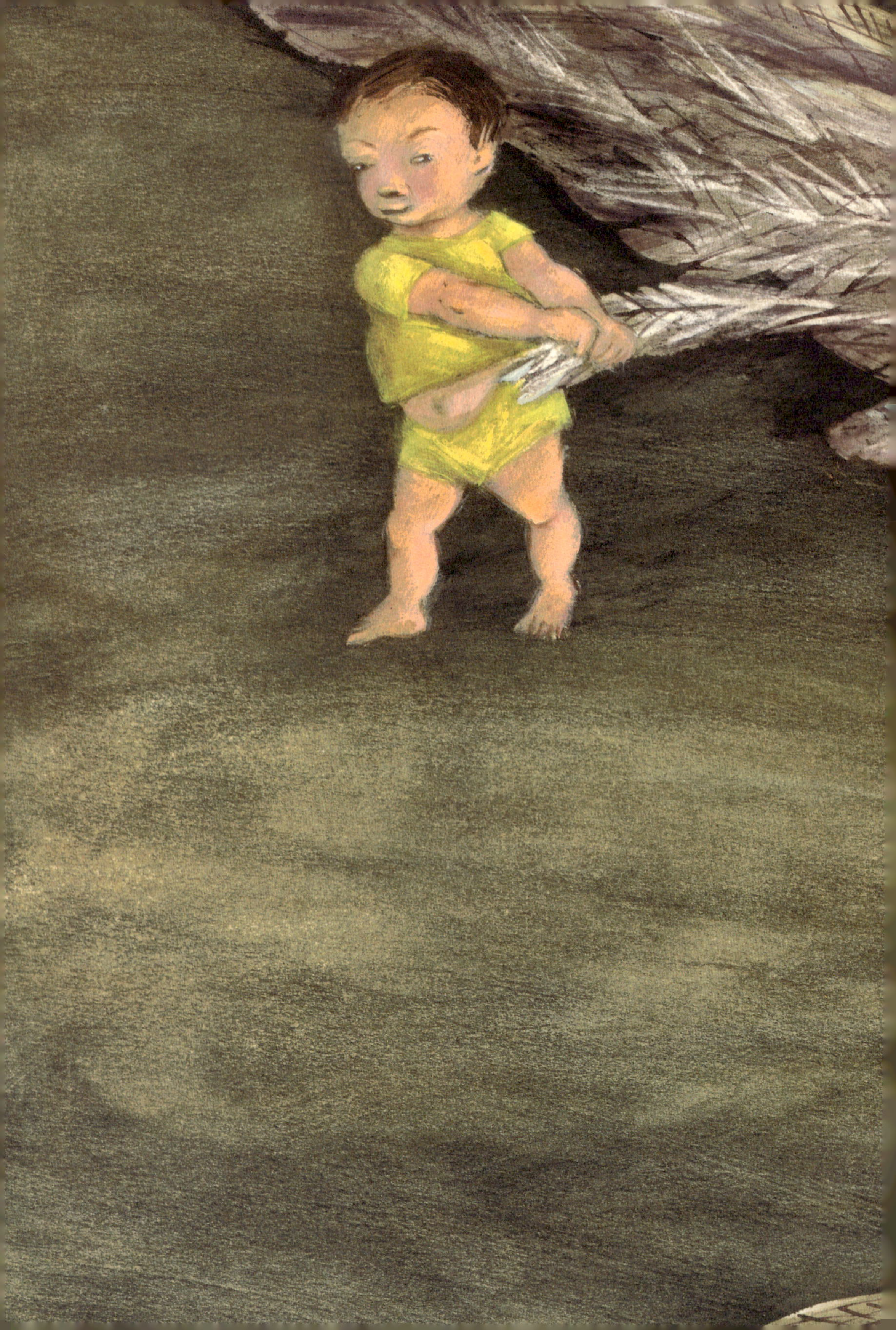

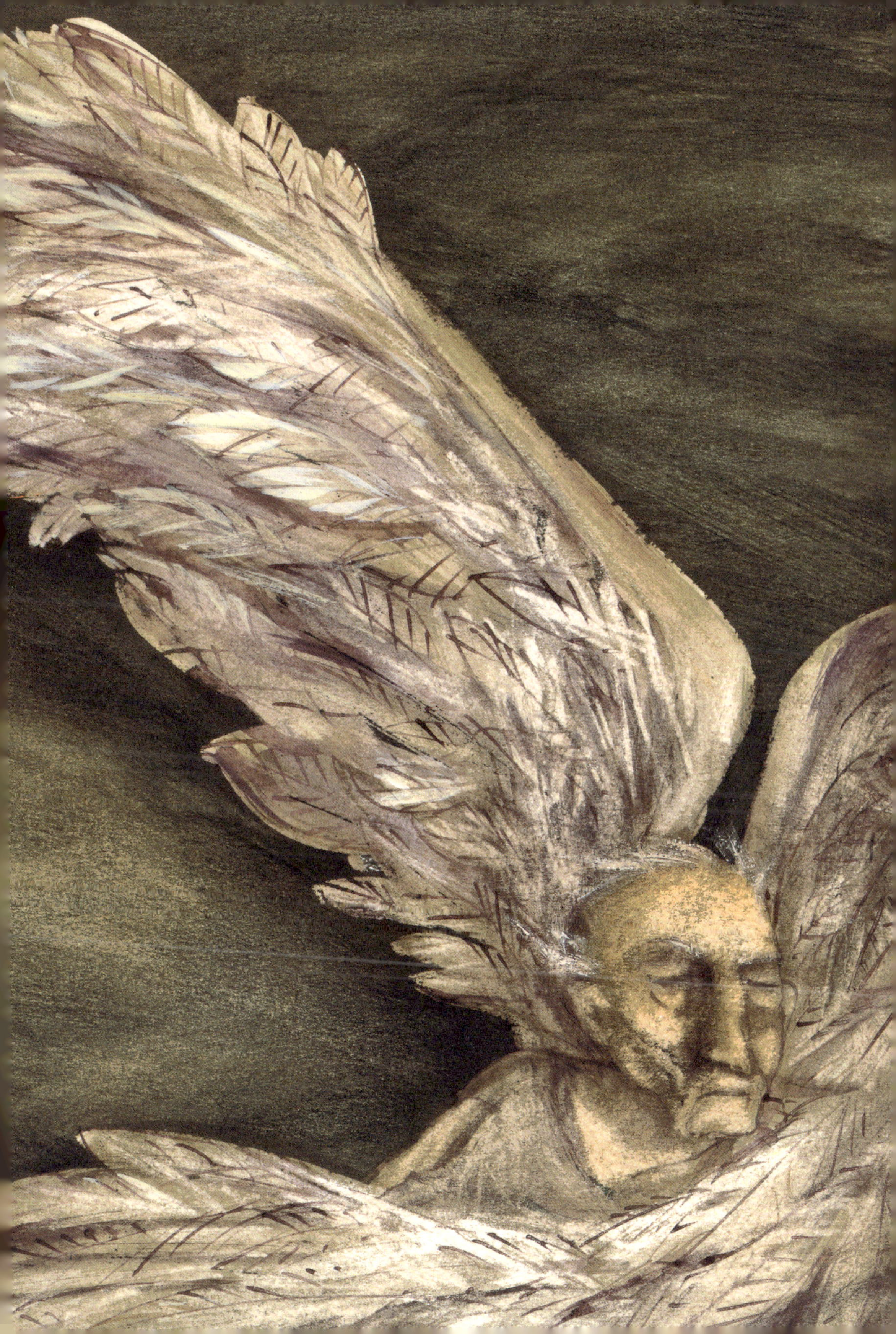

个头有绵羊那么大，却长了一个愁苦的女孩的脑袋。然而最令人心碎的还不是她那稀奇古怪的模样，而是她向人们详述她的悲惨遭遇时那真诚的痛苦语气。很小的时候，她从父母家里悄悄溜出去参加一场舞会，在没有得到准许的情况下跳了一夜舞，之后她穿过一片树林回家，一声可怕的霹雳把天空劈成了两半，从那道裂缝里蹿出一道带着硫黄气味的闪电，一下子就把她变成了蜘蛛。慈悲心肠的人们有时会把肉丸塞进她嘴里，那是她唯一的食物。这个节目让人感觉如此真实，又有这样可怕的教训，打败那倒霉的天使是迟早的事，后者甚至不肯屈尊看人们一眼。此外，为数不多能归到天使头上的奇迹表明，他脑子似乎有点不对劲。比方说，一个人眼睛瞎了，没能恢复视力，却长出了三颗新牙；一个人瘫痪了，没能站起来走路，买彩票却差点赢了大奖；还有个麻风病患者的伤口居然长出了几株向日葵。这些抚慰人心的奇迹更像是嘲弄人的玩笑，原本就让天使的尊荣地位摇摇欲坠，女孩变成的蜘蛛则将他的这种地位彻底终结。就这样，贡萨加神父的失眠症痊愈了，佩拉约家的院子重又变得冷冷清清，和以前连下三天大雨螃蟹就会在卧室里横行的日子没什么两样。

这房子的主人没什么可抱怨的。靠着卖票赚来的钱，他们盖起了一幢两层的楼房，阳台花园一应俱全，门口砌了高高的台阶，冬天再也不会有螃蟹爬进来，窗户都装了铁栏杆，天使们不可能钻进来。佩拉约还在村子附近建了个养兔场，永远辞去了村警这个倒霉营生；埃莉森达给自己买了一双绸缎高跟鞋，还买了一大堆五光十色的丝绸衣裳，在那个

Un señor muy viejo con unas
alas enormes

年代，只有最令人羡慕的阔太太在礼拜天才会穿这些。唯有鸡窝再也无人关注。有时候他们也会用臭药水把鸡窝冲洗一番，或是拿没药将里面熏一熏，并不是为了向天使表达敬意，而是为了去除粪臭，那臭味像幽灵一样在每个角落里游荡，新房子也被弄得像旧房子了。一开始，孩子学走路的时候，他们还十分小心，不让孩子离鸡窝太近。到后来，他们慢慢淡忘了恐惧，对这种气味也习以为常了，孩子在开始换牙之前常常钻进鸡窝里玩耍，鸡窝的铁丝网早已朽烂，一片一片脱落下来。天使对孩子并不比对其他人更和颜悦色，但能温顺地忍受孩子最天才的恶作剧，像一条无精打采的狗。他们俩同时感染了水痘。给孩子看病的医生没能克制住诱惑，用听诊器给天使也听了听，结果在心脏里听到呼呼的声音，在肾脏里听到许多杂音，他还活着简直不可思议。医生认为最神奇的是，他那对翅膀长得十分合理，在完全是人的肌体上显得那么自然，让人觉得别的人没长翅膀反倒难以理解。

后来，孩子去上学了，天长日久，日晒雨淋，鸡窝早已变得破烂不堪。天使拖着身子爬到这里，爬到那里，像只没有主人的垂死的动物。刚用扫帚把他从卧室里赶出去，转眼他就又出现在厨房里。他似乎能同时出现在好几个地方，人们开始想，这家伙是不是会分身术呀，能在房子里每个地方都复制出一个自己来，埃莉森达终于失去了耐心，她失态地大叫，说住在这个到处都是天使的地狱里简直是种厄运。天使几乎已经吃不下什么东西了，昏花的老眼变得十分浑浊，挪动的时候经常撞到柱子，翅膀上只剩下最后几根光秃秃的羽毛杆。佩拉约扔了块毯子给他，

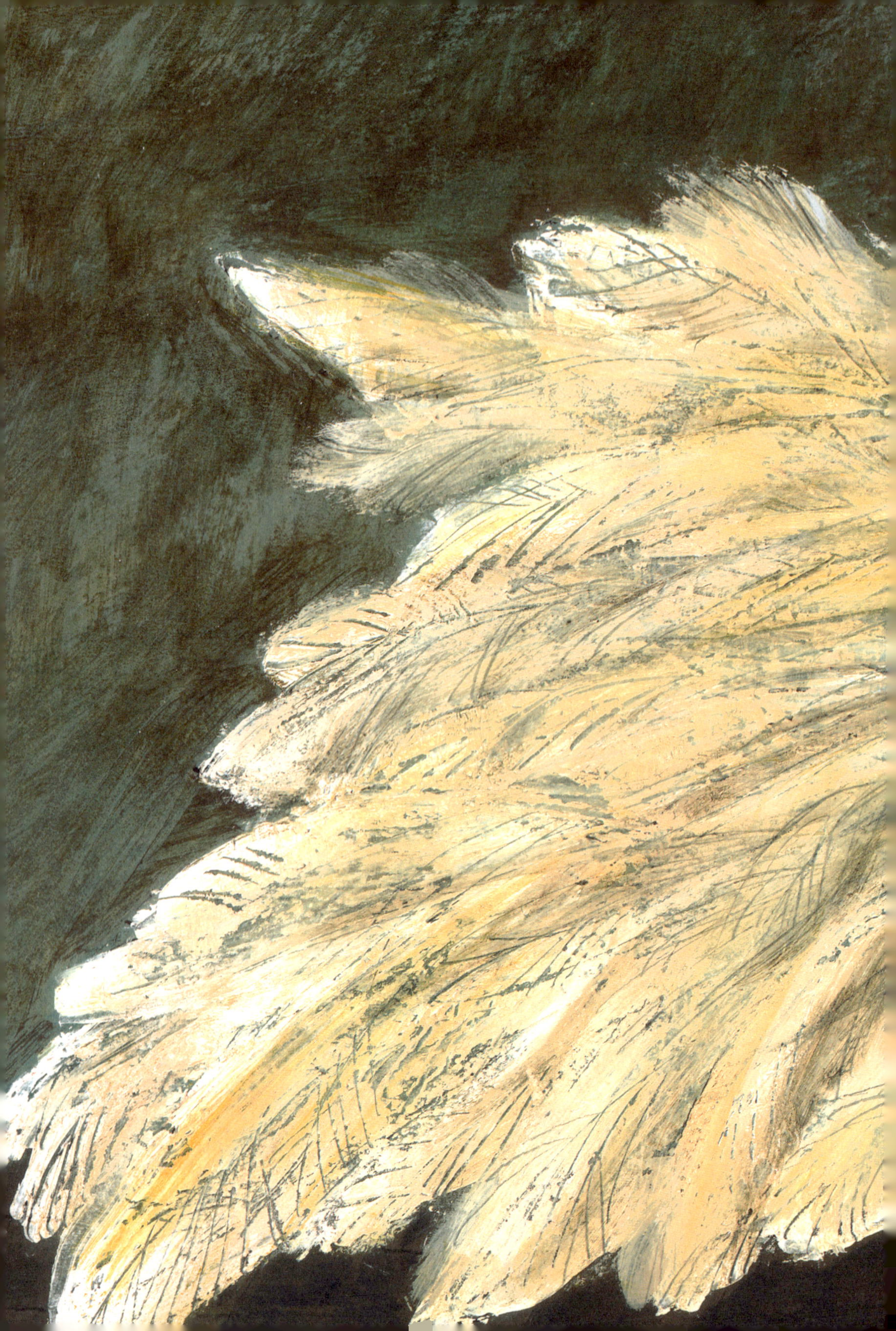

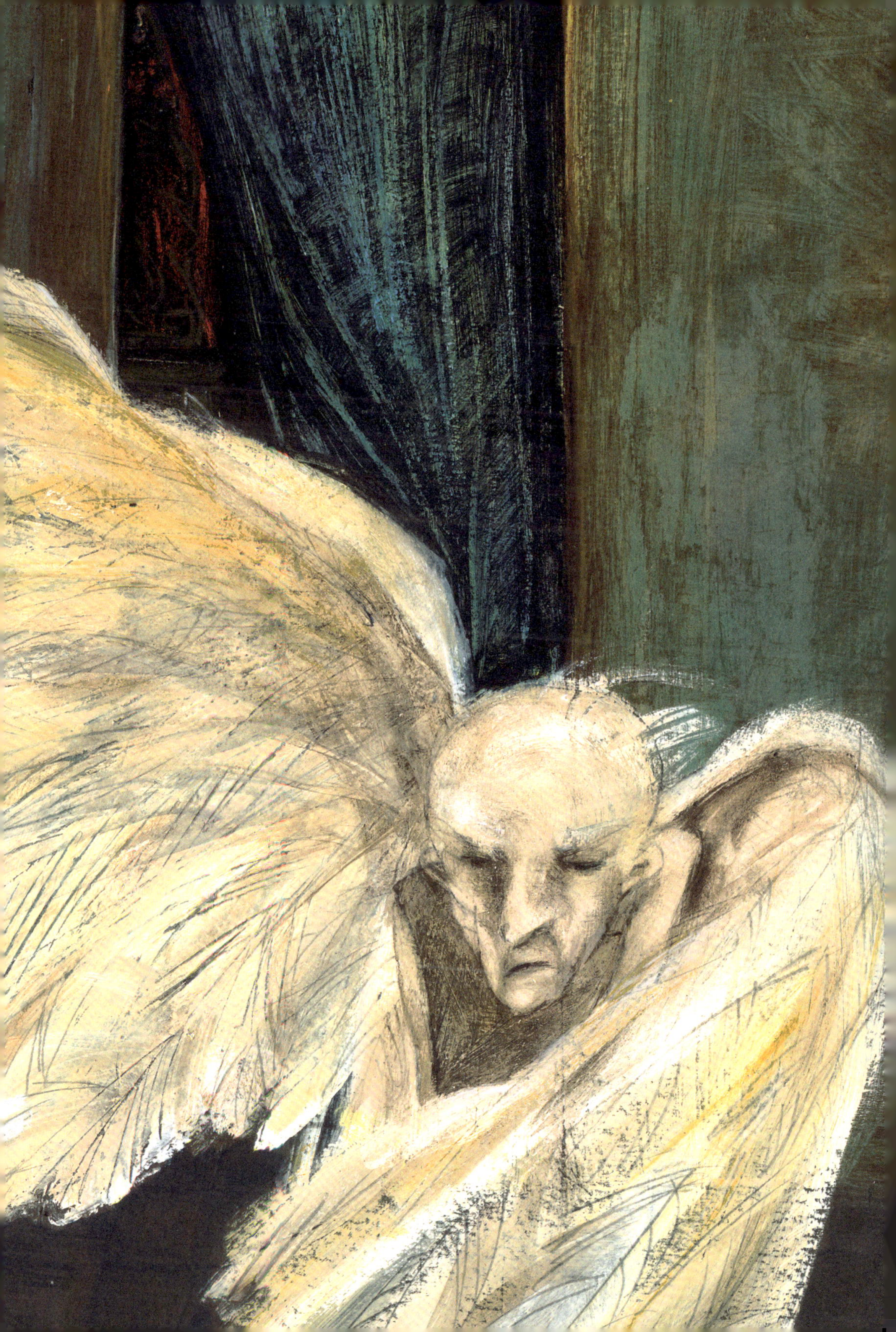

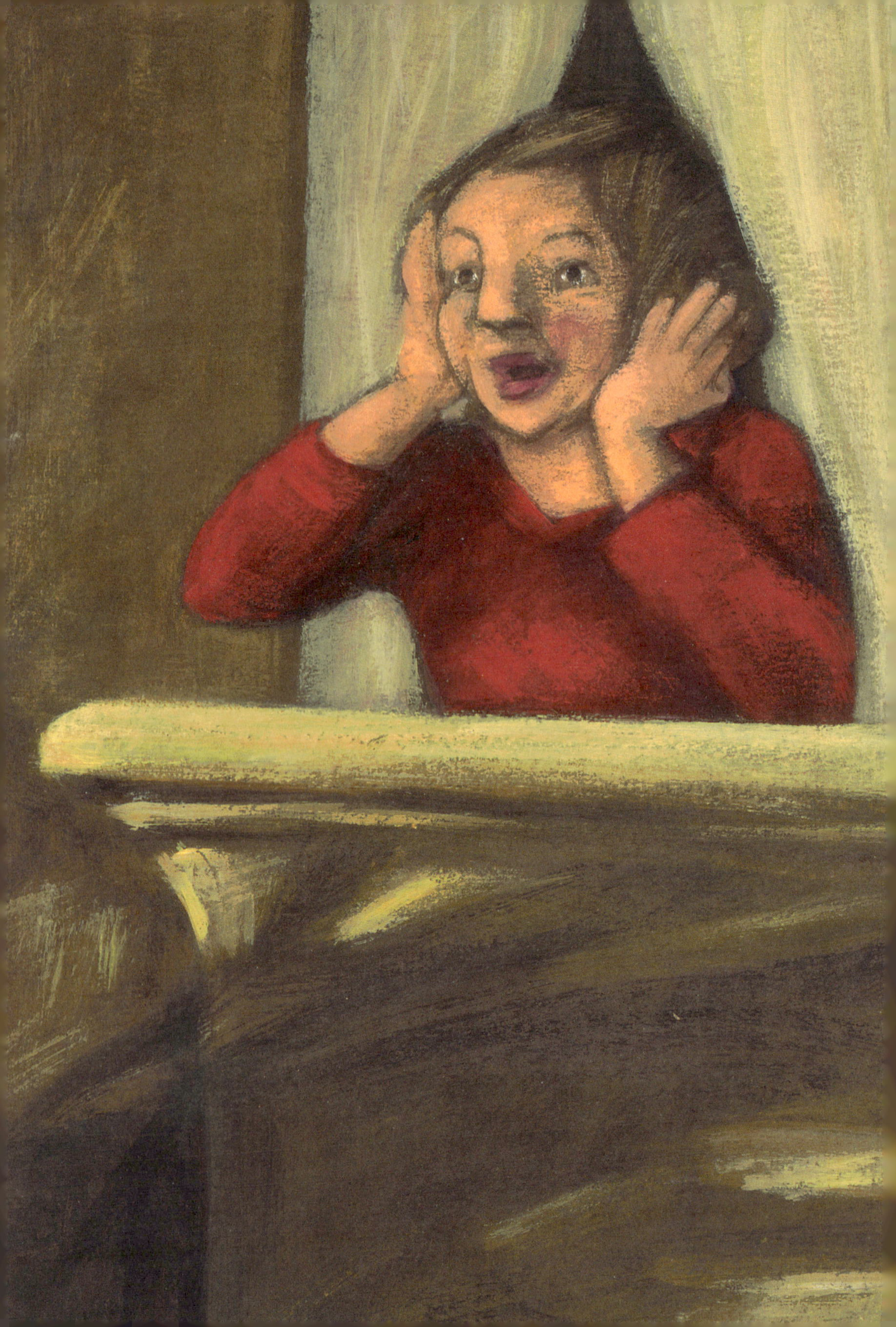

又发了善心让他在畜棚过夜，这时他们才发现他整夜都在发高烧说胡话，那些话很像是古挪威语。他们感到吃惊，这很难得，因为他们想到，他快死了，就连那个无所不知的女邻居也没告诉过他们，该拿死掉的天使怎么办。

然而，天使不但度过了难挨的冬天，到了太阳开始露面的日子，他甚至好了起来。一连好多天，他躺在院子尽头一个谁也看不到的角落里，一动不动，到了十二月初，他的两只翅膀上长出了羽毛，又大又硬，就是那种又老又丑的大鸟的羽毛，倒像是又遭遇了一场横祸。但他肯定知道这些变化的原因，因为他非常小心不让人注意到自己的变化，不让人听见自己偶尔在星光下唱水手的歌。一天上午，埃莉森达正在厨房里切洋葱准备做午饭，一阵风从海上吹了进来。她从窗户探出头去，吃惊地看见天使试图飞起来。他动作笨拙，趾甲在菜园里刨出了一道深沟，难看的翅膀在阳光中滑行，在空气里找不到依托，差点撞翻畜棚。但他终究飞了起来。看见他越过了最后几幢房屋，不顾一切地扇动着他那对老兀鹫般的大翅膀，不让自己掉下来，埃莉森达松了口气，为她自己，也为天使。她就这样看着他，直到切完了洋葱，直到什么也看不见了，因为从这一刻起，他不再是她生活中的累赘，而变成了海平面上一个令人遐想的点。

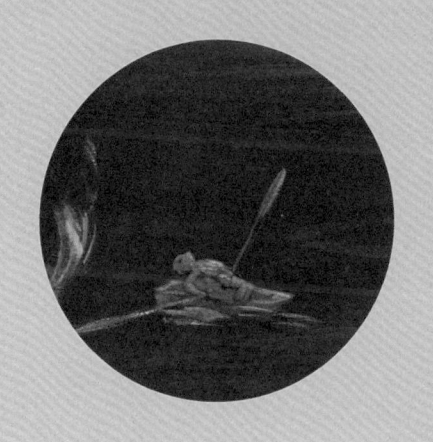

幽灵船的
最后一次航行

El último viaje
del buque fantasma

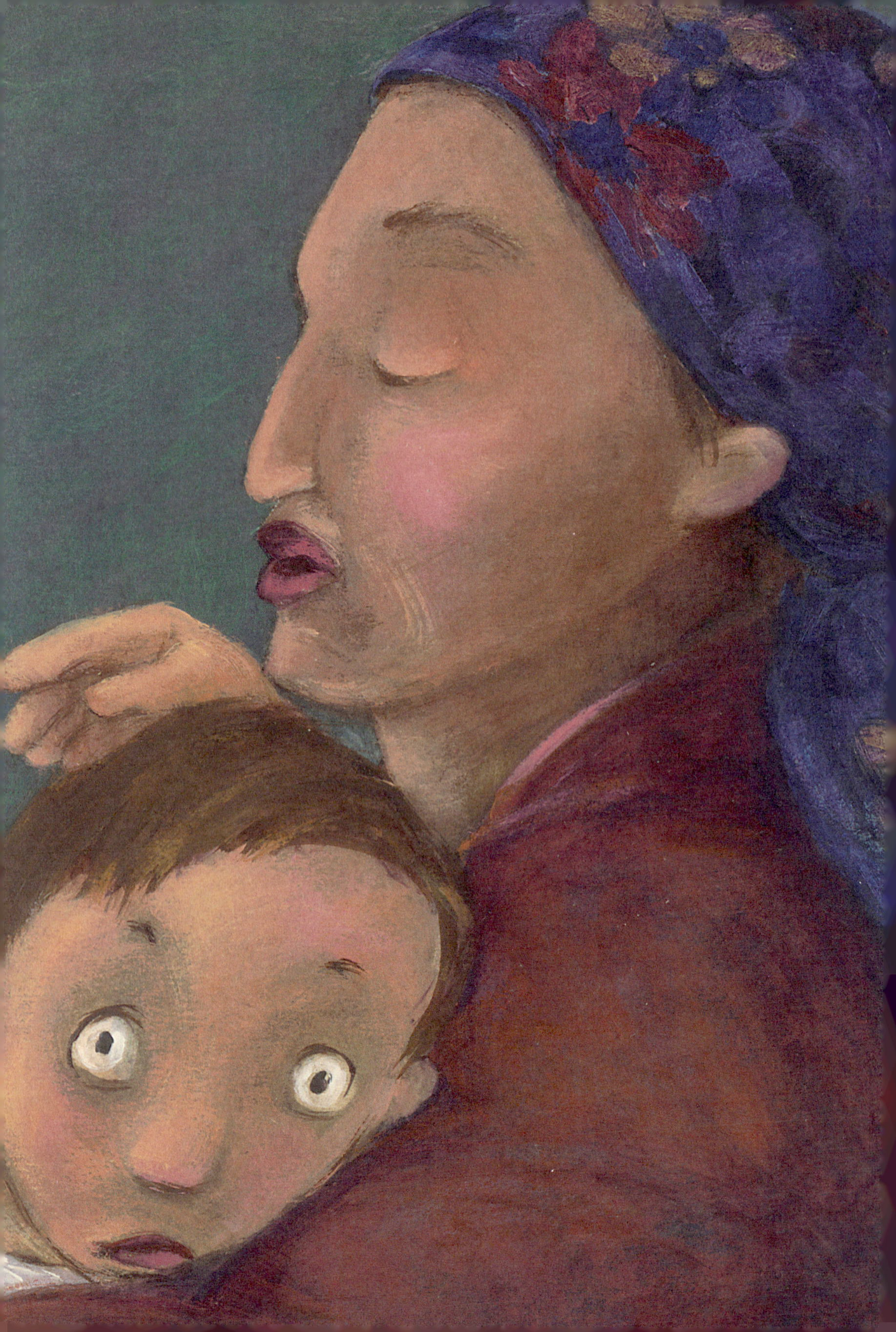

El último viaje
del buque fantasma

很快他们就会看到我是什么样的人，他用变过来没多久的男人的粗重嗓音对自己说，此时离他第一次看见那艘奇大无比的远洋轮船已经过去好些年了，那艘船上没有一丝光亮，某天晚上，它无声无息地从村子前面驶过，就像一座无人居住的巨大宫殿，比整个村子还要长，比村子里教堂的钟楼还要高出许多，在黑暗中驶向海湾另一边那座殖民地时期为防备海盗建成了一座堡垒的城市，那里有当年贩卖黑奴的港口，还有一座旋转灯塔，每隔十五秒就用它那惨白的叉形灯光把村子照得变了模样，就像月光下的营地，房屋都闪着荧光，街道就像火山下的荒漠，他那时还小，嗓音还没有变粗，但已经得到母亲的允许可以在海滩上待到很晚，听海风在夜间奏出竖琴的声音，他到现在都还记得，那情形仿佛就在眼前，当灯塔的光照到船舷时，那艘远洋巨轮就消失得无影无踪，而当灯光转过去的时候，它就又出现了，那船就这样一会儿出现一会儿消失，驶向海湾入口，像个梦游的人，摸索

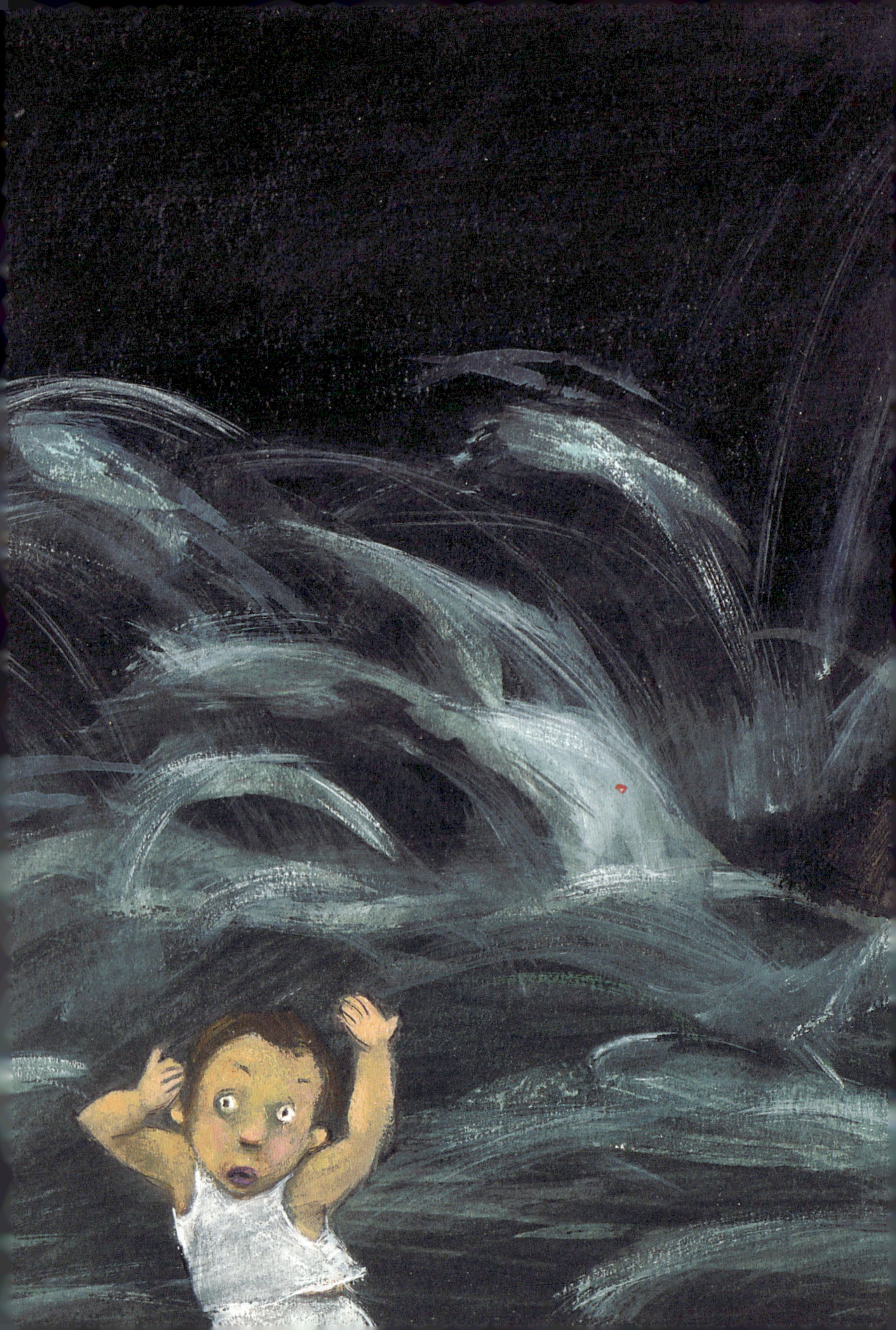

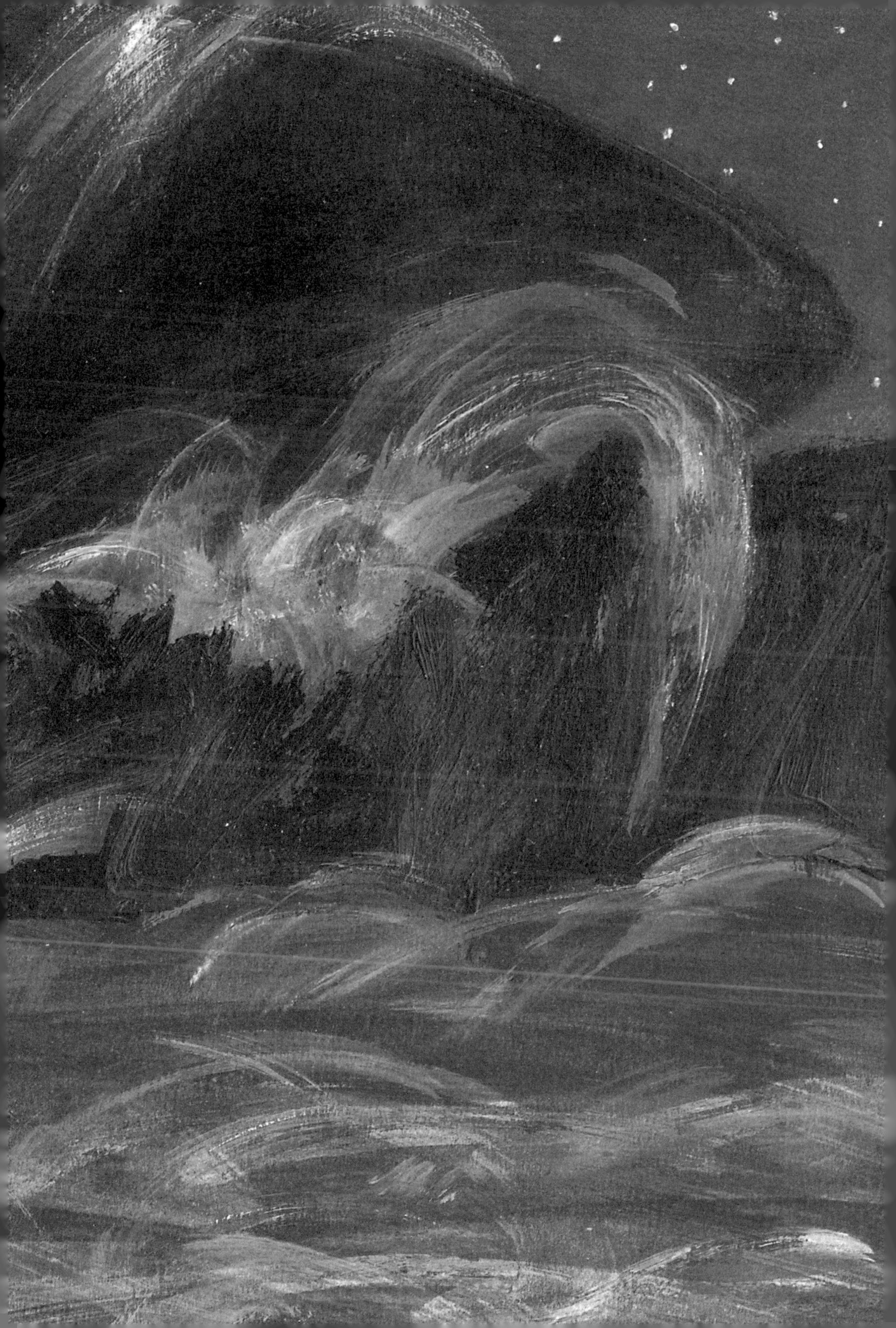

着寻找指引港口航道的浮标，最后一定是罗盘的指针出了什么问题，它驶向一群暗礁，撞了上去，裂成了几段，没发出一点声响就沉了下去，而通常情况下，船撞上暗礁总会发出钢铁撞击的巨响，船上的机器则会爆炸，那动静就连从镇子边缘的道路旁一直蔓延到世界尽头的史前丛林里酣睡的龙都会被吓得浑身冰凉，因此，他自己也认为那只是一个梦，特别是到了第二天，他看见海湾里波光粼粼，港口旁边的小山冈上黑人的茅屋色彩斑斓，从圭亚那过来的走私船正在把一群嗉囊里塞满钻石的无辜的鹦鹉装上船，他想，我肯定是数着星星睡着了，然后梦见了那条船，肯定是这样，他确信无疑，因此没把这事告诉任何人，也没再回想那番景象，直到第二年三月的那天夜里，他正在海里游荡，寻找海豚的踪影，突然看见了那艘他在梦中见过的远洋巨轮，阴森森的，一会儿消失一会儿出现，最终重复了上次的倒霉命运，这次他确信自己醒着，于是飞奔而去，把事情告诉了母亲，母亲一连三个礼拜因为失望唉声叹气，你脑子坏掉了吧，整天昼夜颠倒，白天睡大觉，晚上就像那些不务正业的人一样四处鬼混，过了十一年的寡居生活后，她已经把那把摇椅摇散了，那几天正想去城里买把舒服点的椅子，好继续坐下来思念她死去的丈夫，她利用这个机会央求船夫到暗礁那边走一趟，好让儿子真真切切地看看那片海水下面的东西，看看蝠鲼怎样在海绵丛中交配，粉红色的棘鬣鱼和蓝色的石首鱼怎样潜入水流稍缓一些的海槽，甚至还能看见殖民地时期某次船难中淹死的人漂动的长发，但没有沉船的踪迹，也没有什么淹死的小男孩，然而，

El último viaje
del buque fantasma

在他的顽固坚持下，母亲终于答应在下一年三月的那个夜晚陪他守夜，当然，她那时并不知道在她剩余的人生中，唯一确定能得到的就只有那把航海家弗朗西斯·德雷克时代的安乐椅，那是她在土耳其人的一次拍卖会上买下来的，那天晚上，她坐进了那把安乐椅，叹息道，我可怜的霍洛芬斯，要是你能看见我坐在这把包着天鹅绒和女王灵柩上用的锦缎的椅子上思念你该有多好，可是，她越是想念丈夫，就越是热血沸腾，心脏里的血液变得像热巧克力一样，仿佛她不是坐在那里，而是在奔跑，身上被冷汗湿透了，呼吸的空气中满是尘土，清晨他回到家中，发现母亲死在了安乐椅上，她的身体还是热的，却已经开始腐烂，就像那些被蛇咬过的人一样，同样的命运后来又降临到另外四个女人身上，最后，人们把这把杀人的安乐椅扔进了大海，扔得很远，让它再也没法害人，过去的好几个世纪里，太多人用过这把椅子，它早已丧失了安乐的功能，就这样，他不得不习惯了当孤儿的日子，人们都说，这就是把那把倒霉的椅子带到村里来的那个寡妇的儿子，他有时靠别人的施舍过活，更多时候会从船上偷点小鱼小虾，他的嗓音慢慢变粗了，也不再想起从前看见过的景象，直到又一个三月的夜晚，他不经意间往海上瞅了一眼，突然间，我的妈呀，它就在那里，一条奇大无比的铅灰色鲸鱼，一头钢铁野兽，快来看呀，他疯狂地叫喊着，快来看呀，他的叫喊声引得狗儿们一阵狂吠，女人们惊慌失措，村子里最老的那几位想起了以前听曾祖父讲过的恐怖故事，以为威廉·丹皮尔又回来了，纷纷钻到床底下，但是，有几个人跑到了大街上，他们

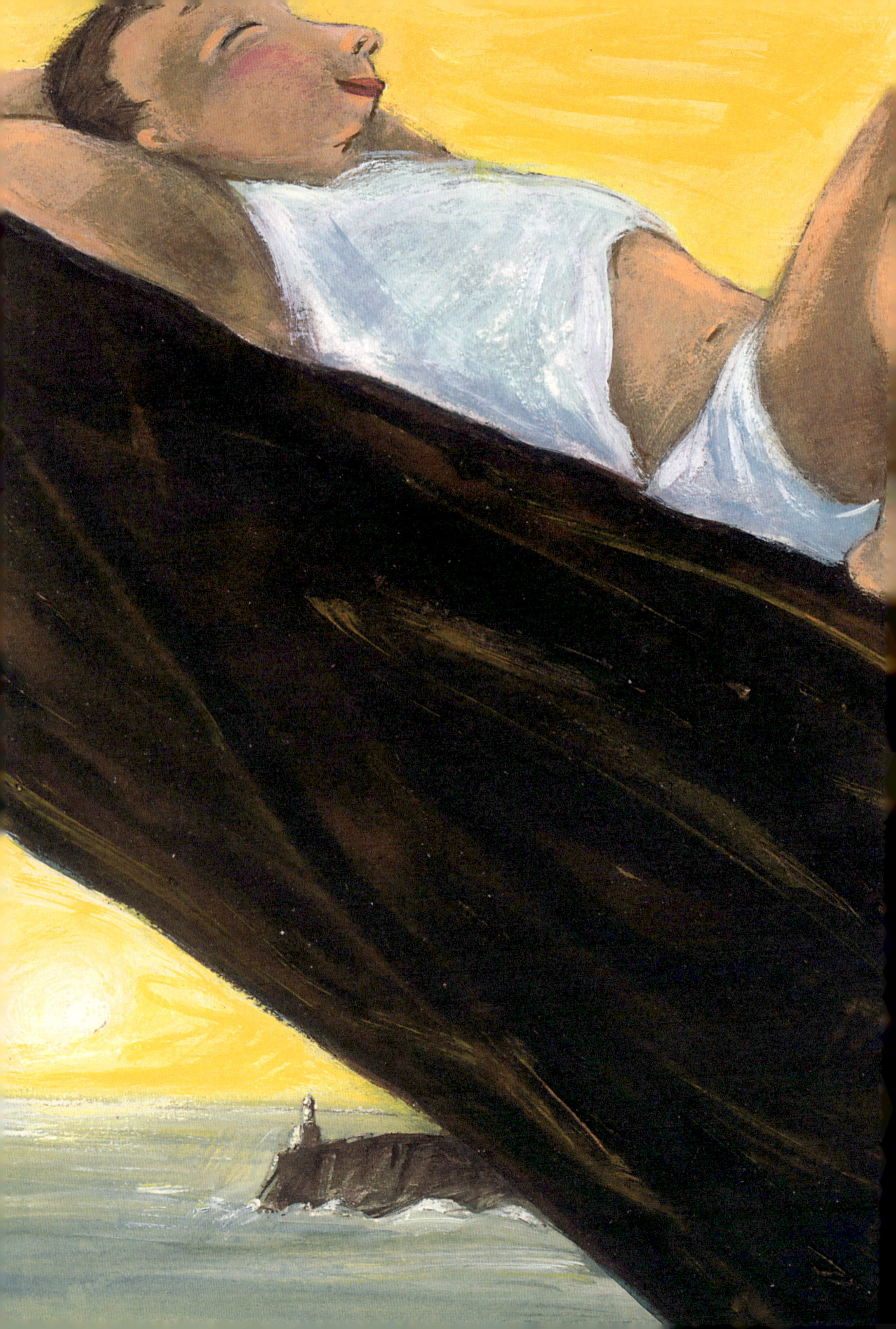

El último viaje
del buque fantasma

没费心去看什么令人难以置信的幽灵船，因为这一刻那家伙又消失了，已然在那每年一度的灾难中撞沉了，人们把他暴打了一顿，打得他七荤八素，他愤怒得口水乱喷，对自己说，很快他们就会看到我是什么样的人，但是他小心翼翼地不让别人知道他的决定，整整一年，他心里想的只有一件事，很快他们就会看到我是什么样的人，他等着那景象在某个夜晚重新出现，他好去做他后来做的事情，他偷了条小船，划过海湾，整个下午都待在黑奴港口的斜坡上，在加勒比海形形色色的人群中，等候那个伟大时刻的到来，他如此专注于自己的冒险，既没有像往常那样在印度人开的小店门口欣赏雕刻在整根象牙上的小人，也没去取笑那些骑着改装的自行车的说荷兰语的黑人，甚至遇到皮肤跟眼镜蛇一样光滑的马来人也没有像往常那样吓一跳，这些马来人穿过整个世界来到这里，做梦都想开一家属于自己的小饭馆，卖些巴西炭烤肉什么的，因为他什么都没注意到，直到黑夜带着满天繁星爬上他的头顶，丛林里散发出栀子花甜甜的香气和蝾螈腐烂后的气味，他坐在偷来的小船上，向海湾入口处划去，他把船上的灯熄了，他可不想惊动那些警卫，每隔十五秒，灯塔的绿色灯光扫过来的时候，他一动不动，一回到黑暗中他就又活过来了，他知道不远处就是那些指引航道的浮标，这不仅是因为他看见浮标上令人压抑的光越来越亮，还因为海水散发的气息变得凄凉，他就这样心无旁骛地划着船，一时竟没有反应过来从哪里突然飘来一股可怕的鲨鱼的气息，夜色为何变得浓重，仿佛满天的星星突然都死了，因为那艘远洋巨轮挡在那里，大

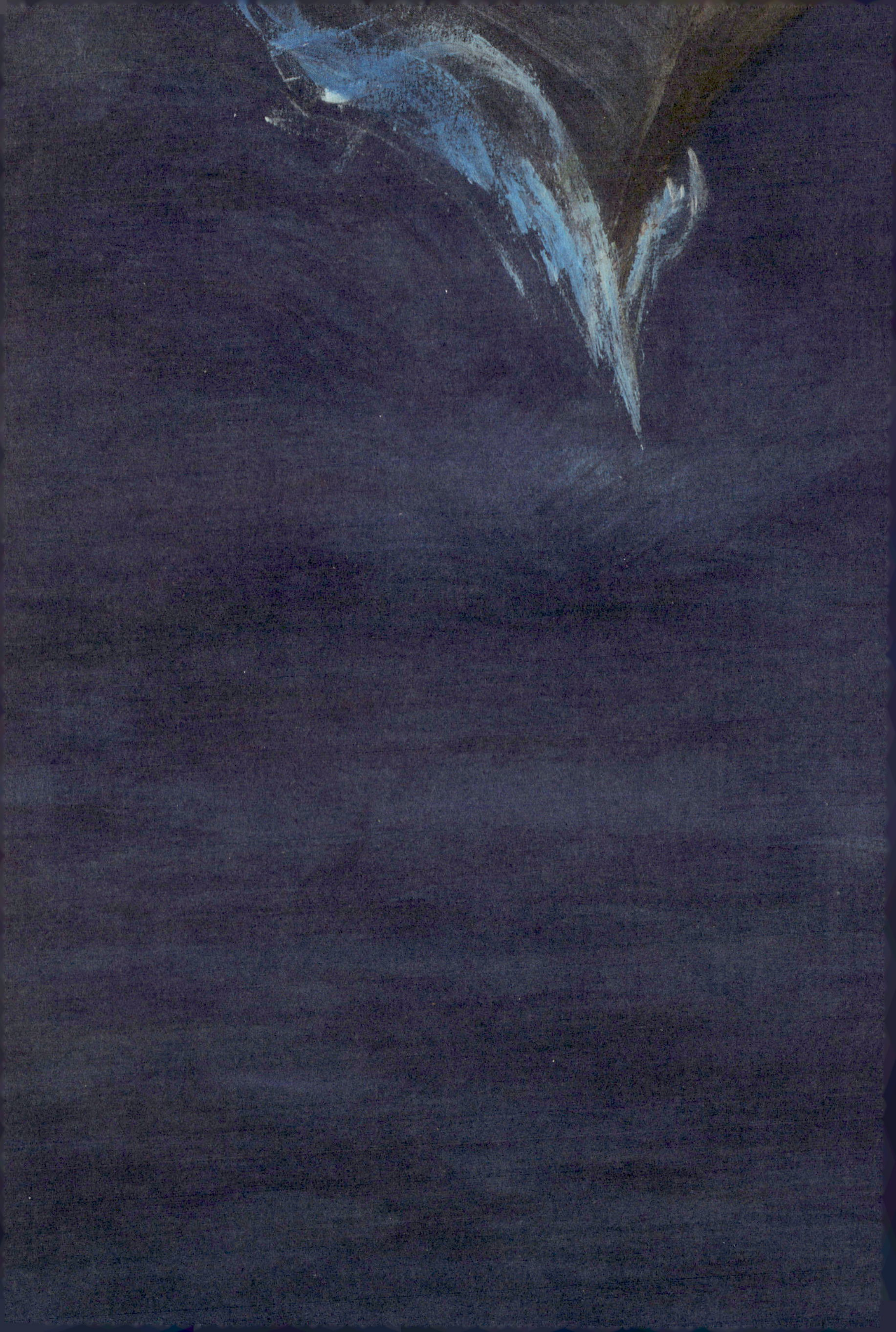

得不可思议，我的妈呀，它比世上一切巨大的东西都要大，比陆上和水中一切黑暗的东西都要黑，三十万吨重的鲨鱼气味如此近距离地从小船旁边经过，他看得见那钢铁家伙身上的一道道焊缝，无数个舷窗里没有一丝亮光，没有一点机器的声响，没有一个活物，自带死寂的空间，空旷的天空，凝滞的空气，停滞的时间，漫无目的晃动的海水，其中漂浮着一个满是被淹死的生灵的世界，忽然，灯塔的强光扫射过来，一切都消失了，四周瞬间变回纯净的加勒比海，三月的夜晚，空中像往常一样白茫茫一片，浮标之间只剩他孤零零一个人，他不知道该做点什么，他惊骇地问自己，是不是真的在睁着眼睛做梦，不光是这一刻，还包括前几次，可是，他刚问完，一阵神秘的风吹熄了浮标上的光亮，从第一个直到最后一个，灯塔的光柱扫过之后，巨轮又现身了，它的罗盘出了问题，也许它甚至弄不清楚在这茫茫大海上自己身在何方，它摸索着寻找那条看不见的航道，而实际上正朝着暗礁驶去，直到他接收到那难以抗拒的启示，意识到让那些浮标失效正是解开这魔法的最终的钥匙，于是点亮了小船上的灯，一缕红色的光不会惊动城堡塔楼上的任何一名警卫，但对于舵手来说却如同东方的旭日，因为有了它，巨轮修正了航向，驶进了航道宽阔的入口，上演了一场欢快的复活，巨轮上的所有灯光同时亮起，锅炉重新发出喘息声，天上的星星也亮了，动物的尸体沉了下去，厨房里传来盘子的撞击声和月桂汁的香气，从月牙形的甲板上传来乐队里萨克斯风的声音，以及外海昏暗的舱房里恋人们血管跳动的声音，但此时他心头涌起的是一

El último viaje
del buque fantasma

种延迟的愤怒，这愤怒不受任何感情干扰，也不会被任何怪事吓倒，他怀着从未有过的坚定信念告诉自己，很快他们就会看到我是什么样的人，妈的，很快他们就会看到，他并没有躲到一边，以免被这庞然大物撞到，而是在它前方划着小船，因为很快他们就会看到我是什么样的人，他继续用那盏灯指引着巨轮，到后来，他越来越确信它的顺从，于是又一次让它偏离了通往码头的航向，引领它离开了那条看不见的航道，仿佛它是一只生活在大海中的羔羊，他牵着绳子，领着它游向沉睡中的村庄的点点灯火，巨轮生气勃勃，无惧灯塔射来的光柱，不再玩消失，而是每过十五秒就变成银白色，前方教堂的十字架、寒酸的农舍，那些模糊的形象开始变得清晰，巨轮跟在他身后，带着它装载的所有东西，船长朝左侧躺着睡着了，储藏室里冻着几头斗牛，医务室里孤零零地躺着一个病人，蓄水罐也没人照看，未被救赎的舵手一定是把礁石看成了码头，因为此时汽笛发出一声凄厉的巨响，他被冷却的蒸汽浇成了落汤鸡，汽笛又响了一声，小船就要翻了，汽笛第三次响起的时候，已经什么都来不及了，岸边的贝壳、街道上的石块和那些不相信他的人的家门已经近在眼前，整个村子都被可怕的巨轮上的灯光照得雪亮，他将将来得及闪到一边，躲过了这场灾难，在巨大的震荡中高声喊道，你们这些王八蛋，现在看到了吧，一秒钟过后，巨大的钢铁船壳切开了地面，人们听见一阵清脆的声响，九万零五百只香槟酒杯从船头到船尾一只接一只打碎了，这时天亮了，已经不再是三月的清晨，而是礼拜三阳光灿烂的正午，他终于能心满意足

幽灵船的最后一次航行

地看着那些不相信他的人张着嘴盯着搁浅在教堂前面的这艘阳世阴间最大的船,它比什么都白,比教堂的钟楼高出二十倍,比整个村子长出九十七倍,船身上用铁铸的字母标着它的名字:死亡之星①,船两侧仍然在向外流淌着来自死亡之海的古老的、毫无生气的水。

---

① 原文为匈牙利语。

福尔贝斯太太的
快乐夏日

El verano feliz
de la señora Forbes

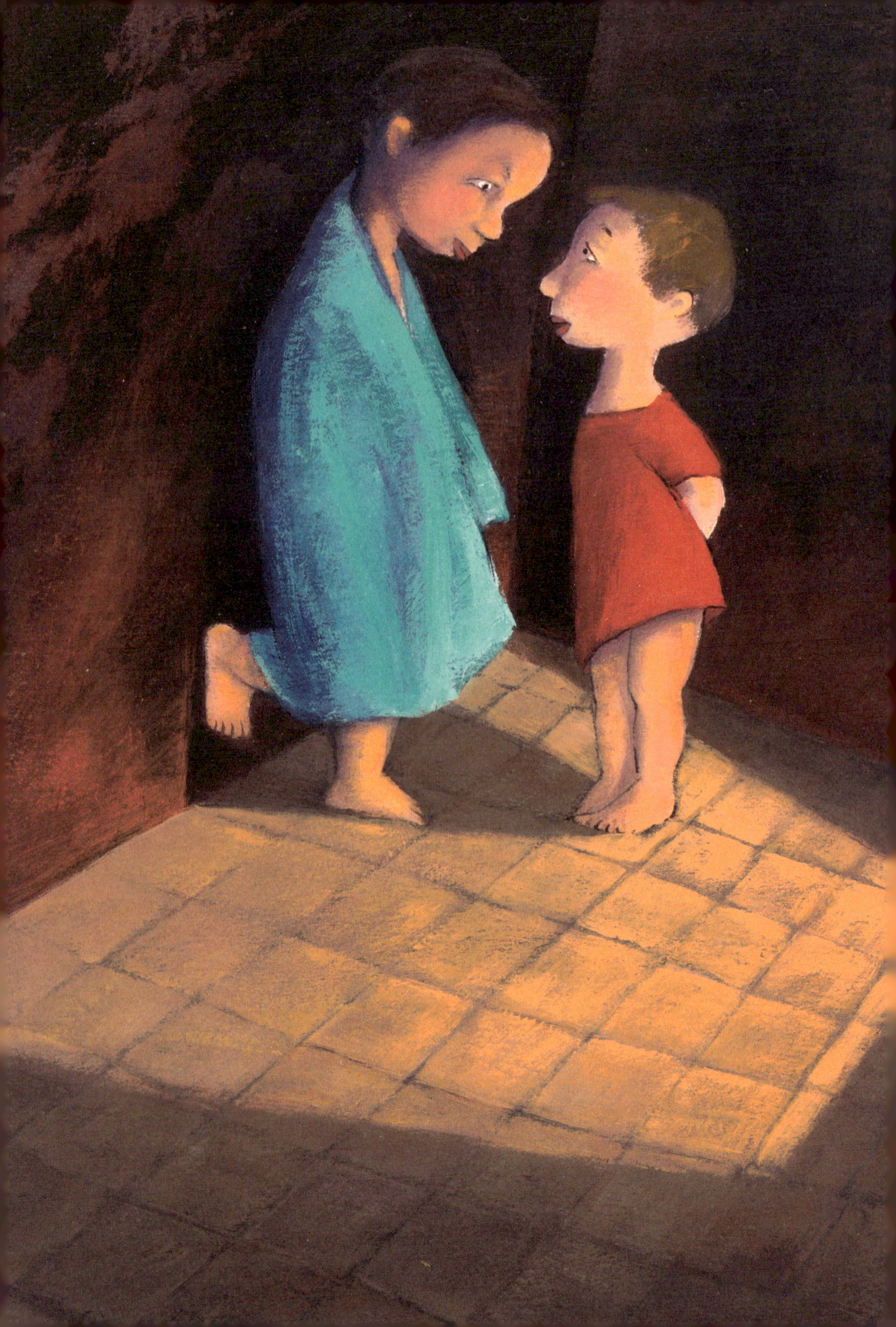

El verano feliz
de la señora Forbes

下午回到家的时候，我们看到门框上钉着一条巨大的海蛇，通体黑色，泛着磷光，钉子穿透了它的脖子，看上去像吉卜赛人的诅咒。它眼睛还在动，张得很开的上下颚之间露出锯齿般的牙齿。我那时候大约九岁，被这一突如其来的恐怖景象吓得发不出声来。而比我小两岁的弟弟则丢下氧气罐、面具和潜水脚蹼，尖叫着仓皇而逃。从渡口到我家有一条在礁石间蜿蜒的小路，福尔贝斯太太正顺着石阶往上爬。听到尖叫声，她追了上来，气喘吁吁，脸色苍白，但一看到被钉在门上的东西，就明白了原委。她经常说，两个孩子在一起，无论哪个单独做了什么事，另一个也逃不了干系。所以，因为弟弟的尖叫，我们两个人都挨了训斥，还被指责缺乏自制力。也许她自己也被吓坏了，只是不肯承认而已。因为她一直在用德语批评我们，而不是像她签订的家庭教师合同中规定的那样使用英语。但等她一缓过神来，就又用磕磕绊绊的英语开始了没完没了的说教。

"这是一条海伦娜海鳗,"她告诉我们,"之所以这么称呼它,是因为古希腊人认为这是一种神圣的动物。"

这时,教我们潜水的当地男孩奥雷斯特突然从一大丛刺山柑后面冒了出来。他把潜水面具扣在额头上,穿一条紧身泳裤,腰间系了根皮带,上面挂着六把形状大小各异的匕首。因为在水下跟动物贴身肉搏的时候,没有别的捕猎方法。他大约二十岁,在海底待的时间比在陆地上还长,看上去像一只海里的动物,身上总是沾着脏兮兮的机油。第一次见到他时,福尔贝斯太太对我父母说,她想象不出还有比他更俊美的人。然而,英俊的外表并没有使他免于责难,他也得接受训斥,不过是意大利语的,因为他把海鳗挂在门上没有别的解释,除了吓唬小孩子。随后,福尔贝斯太太命令他带着对神秘的造物应有的尊重将它从门上摘下来,并打发我们去换上吃晚餐时穿的衣服。

我们立刻照办了,并努力不出一丁点差错,因为在被福尔贝斯太太统治了两个礼拜以后,我们已经明白了没有什么比活着更困难。在昏暗的卫生间里淋浴时,我发现弟弟还在想着那条海鳗。"它的眼睛像人一样。"他说。我也是这么想的,但我努力让他相信事实并非如此,并成功地转移了话题,直到我洗完澡。但当我准备离开时,他请求我留下来陪他。

"天还没黑呢。"我说。

我拉开窗帘。正是八月最热的时候,透过窗户可以看到快要着火的月牙形平原一直延伸到岛屿另一端,太阳一动不动地挂在空中。

El verano feliz
de la señora Forbes

"不是因为这个。"弟弟说,"是因为我害怕我会害怕。"

然而,当我们来到餐桌旁时,他显得很平静,而且每样事情都做得很细致,得到了福尔贝斯太太的特别表扬,那个礼拜的积分涨了两分。而我之前累计的五分却被扣掉了两分,因为我在最后一刻匆忙跑过来,到餐厅的时候还有些气喘。每攒够五十分,我们就可以享用一次双份餐后甜点,但是我们俩谁都没有攒到过十五分。这真的是一件非常遗憾的事,因为我们后来再也没有遇到过比福尔贝斯太太做的更好吃的布丁。

晚餐开始之前,我们面对空盘子站着祈祷。福尔贝斯太太并不是天主教徒,但她的合同中规定每天要带我们祈祷六次,为了履行这一条款,她不得不学习我们的祈祷文。然后,我们兄弟俩一起坐下来,屏住呼吸,接受她对我们的举止的检查,哪怕是最微小的细节也不放过。只有当一切看上去都完美了,她才拉响铃铛。然后,厨娘富尔维娅·弗拉米内亚送来那个讨厌的夏天每日必有的面条汤。

原先我们跟父母住在一起的时候,吃饭就像过节一样欢乐。上菜时,富尔维娅·弗拉米内亚总是围着桌子有说有笑,她那种颠三倒四的天赋为我们的生活增添了不少乐趣。最后她会跟我们坐在一起,从每个人的盘子里吃两口。但自从福尔贝斯太太开始掌控我们的命运,她上菜时总是保持绝对的沉默,以至于我们都能听到金属锅里汤沸腾的声音。在用餐过程中,我们必须让脊背贴着椅背,用一边腮帮子嚼十下,再用另一边嚼十下,目光不能离开那个面容冰冷而倦怠的中年女人,她正在背诵有关教养的课文。这跟礼拜日的弥撒很像,但是少了唱诗班带来的安慰。

看到海鳗被钉在门上那天，福尔贝斯太太给我们讲的是对祖国应尽的义务。她的声音似乎让空气都变得稀薄了，富尔维娅·弗拉米内亚像飘浮在半空中一样无声无息。喝完汤之后，她给我们端上来一道炭烤鱼片，雪白的鱼肉散发出令人垂涎的香味。我那会儿就喜欢吃鱼肉，胜过任何飞禽走兽，这种味道让我想起我们在瓜卡马亚勒①的家，心情放松了些。而弟弟连尝都没尝就拒绝吃这个菜。

"我不喜欢。"他说。

福尔贝斯太太中断了背诵。

"你怎么知道？"她说，"你都还没尝呢。"

她朝厨娘投去警告的一瞥，但已经晚了。

"海鳗是世界上最鲜嫩的鱼肉，孩子们②。"富尔维娅·弗拉米内亚说，"你尝一口就知道了。"

福尔贝斯太太不动声色。她用冷冰冰的语气告诉我们，在古代，海鳗是国王才能享用的美味珍馐，武士们都争着喝它的胆汁，因为据说能由此获得超自然的勇气。接着她再次向我们重复，正如她在那么短的时间内无数次说过的，好品位不是一种天赋，但也不是在任何年龄都可以教会的，而是需要从小培养。因此没有任何正当的理由拒绝吃饭。我在知道这是海鳗之前已经吃了一口，这时候左右为难：尽管勾起了我些许

---

① 哥伦比亚博亚卡省下属城市。
② 原文为意大利语。

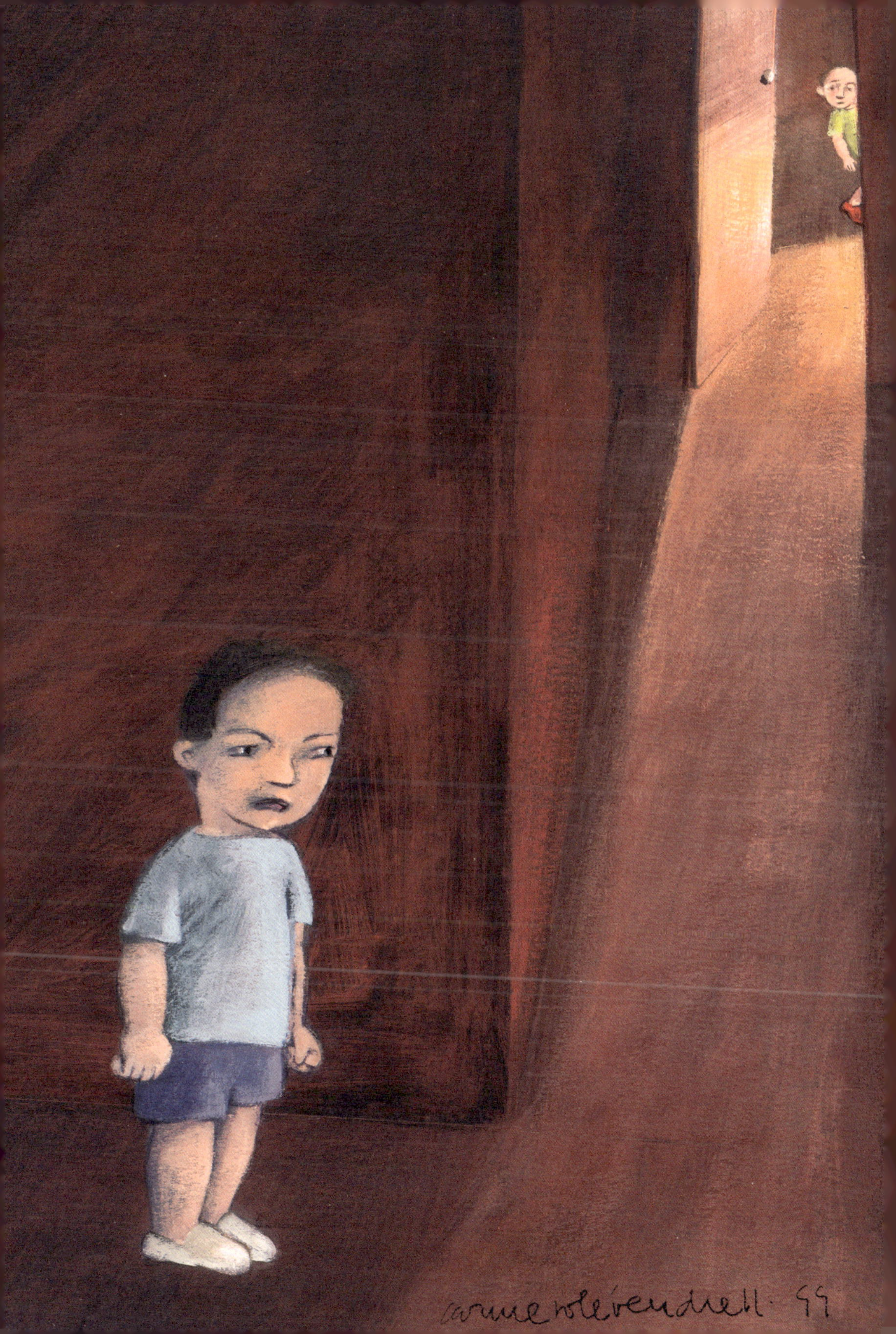
carmesolévendrell · 99

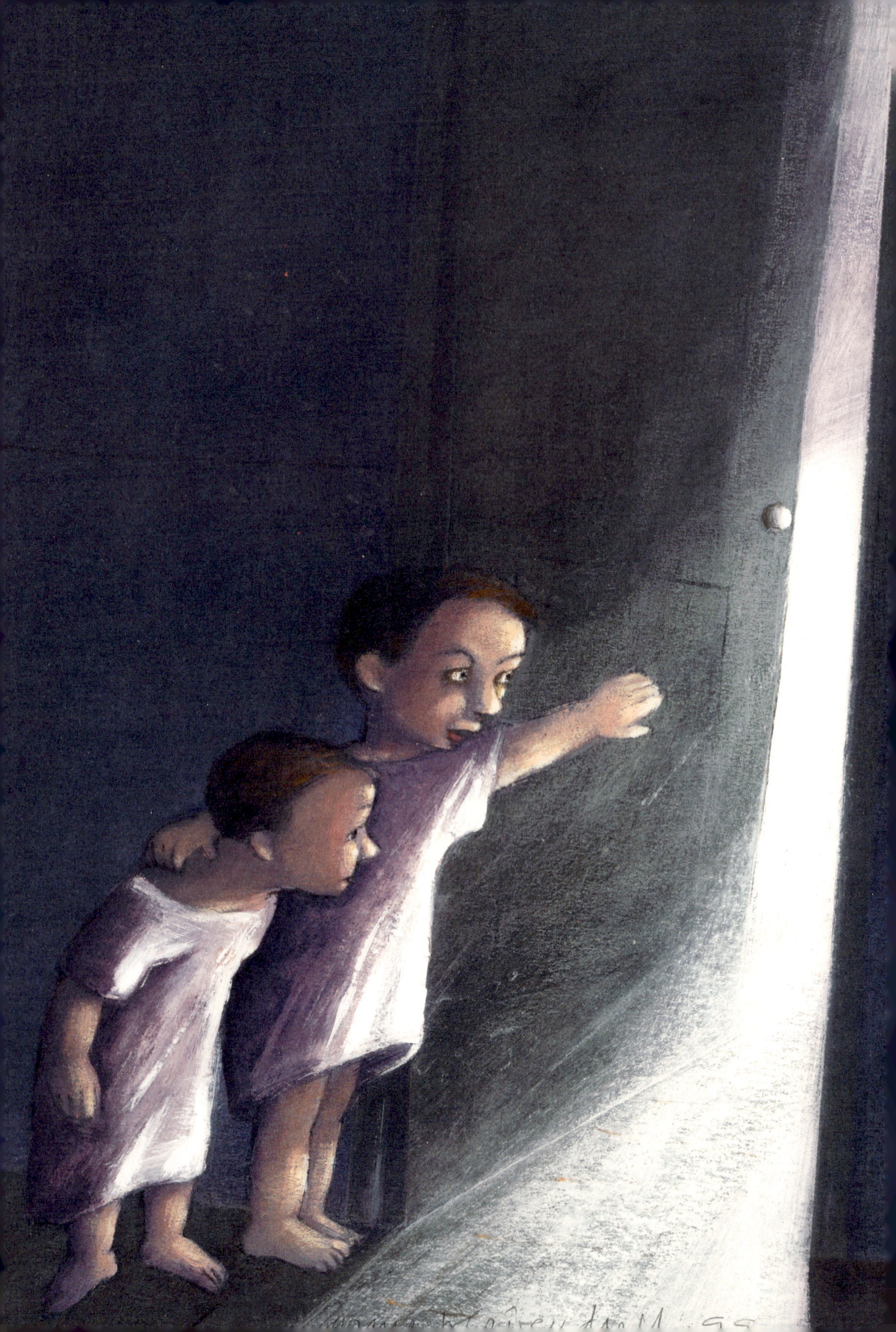

El verano feliz
de la señora Forbes

乡愁，但口感非常滑嫩。不过最终，那条蛇被钉在门上的情形战胜了我的胃口。弟弟鼓起勇气往嘴里送了一口，却没能忍住：他吐了。

"去卫生间，"福尔贝斯太太平静地对他说，"好好洗一洗，回来接着吃饭。"

我为他感到十分难过。因为我知道，对他来说，在这夜幕初降的时候穿过整栋房子，并在卫生间里待上足够长的时间来清洗自己，需要拿出怎样的勇气。但他很快就回来了，换了一件干净的衬衫，脸色苍白，身体在隐隐颤抖，虽然几乎看不出来。他很顺利地通过了福尔贝斯太太严格的清洁检查。于是她切下一块海鳗肉，命令我们继续。我强忍着吃下了第二口，而弟弟连餐具都没动。

"我不会吃这个的。"他说。

他显然十分坚决，于是福尔贝斯太太避开了这个话题。

"可以。"她说，"但你不许吃餐后甜点。"

弟弟的解脱给了我勇气。我把刀叉交叉放在盘子上，这是福尔贝斯太太教我们的用餐结束时的规矩，说道：

"我也不吃甜点。"

"也不许看电视。"她说。

"我们也不看电视。"我说。

福尔贝斯太太把餐巾放在桌上，我们三个都站起来祷告。接着她就打发我们回卧室，并警告说，在她吃完饭之前我们必须入睡。此外，我们所有的积分都清零，只有攒到二十分以上才能再次享用她烤制的奶油蛋糕、香草馅饼，以及可口的梅子饼干，都是我们在余下的人生中再也没有吃到过的美味。

  我们的爆发是迟早的事。整整一年，我们都在热切期盼位于西西里岛最南端的潘泰莱里亚岛上这个自由的夏天。第一个月的确是自由自在的，那时父母还跟我们在一起。到现在，我还能像做梦一般回忆起那个布满火山岩的炙热平原，那永恒的大海，那栋用生石灰一直刷到台阶的房子，在无风的夜晚，从窗口可以看到非洲灯塔上闪亮的叉形标记。我们跟着父亲探索岛屿周围沉睡的深海，发现过一串黄色的鱼雷，从二战以来就一直陷在那里；我们还捞到一个古希腊的双耳细颈瓶，将近一米高，上面挂着已经石化的花环，瓶底还残留着古时候的毒酒；我们还在一个雾气弥漫的死水区游过泳，那里的水密度极大，人几乎可以在上面行走。但是对我们来说，最耀眼的奇迹是富尔维娅·弗拉米内亚。她像一个快乐的主教，不管走到哪儿，身边总是围着一群睡眼惺忪的猫，让她走不动道，但她说自己并不是因为爱它们而忍受这些，而是为了不让自己被老鼠吃掉。晚上，当我们的父母在电视机前看成人节目时，富尔维娅·弗拉米内亚把我们带回她家，距离我们家不到一百米，教我们辨认那些遥远的声音，比如歌声和来自突尼斯的狂风的阵阵呼啸。她丈夫比她年轻得多，整个夏天都在岛另一端的旅馆干活，每天只回家睡觉。奥雷斯特跟他父母住得稍远一点。他总在晚上拎着刚刚捕获的成串的鱼和几篮子龙虾过来，挂在厨房，以便富尔维娅·弗拉米内亚的丈夫第二天拿到那些旅馆去卖。然后他

El verano feliz
de la señora Forbes

再次戴上潜水用的顶灯,带着我们去抓山鼠。那些山鼠都像兔子那么大,对厨房垃圾虎视眈眈。有时候我们回到家时父母已经睡了,而我们被院子里争抢剩饭剩菜的山鼠吵得睡不着觉。但是,甚至连这种困扰也是我们的快乐夏日神奇的组成部分。

请一个德国家庭教师这样的主意只有我父亲才想得出来。他是一个自负多于天赋的加勒比作家。欧洲辉煌的余烬让他目眩神迷,不管是在书中,还是在现实中,他总是显得太急于抹去自己出身的痕迹,并且幻想儿子们身上不再留有任何自己过去的印记。我的母亲依然保持着瓜希拉高地流浪教师的那种谦卑,从来不会质疑自己的丈夫,他的任何想法都是绝妙的。因此他们俩谁也不曾认真考虑过,当他们同四十位当红作家一起参加为期五个礼拜的环爱琴海诸岛文化之旅时,我们兄弟俩在一个多特蒙德①女士官的统治下将要如何生活,这个女人一心要向我们强行灌输欧洲社会最陈腐的习俗。

七月的最后一个礼拜六,福尔贝斯太太坐着班船从巴勒莫来到我们家。第一眼看到她,我们就意识到幸福生活结束了。在南部的炎热之中,她脚上穿着一双民兵靴,身上是一件西服领外套,头发剪得像男人一样短,戴一顶男士软呢帽,身上有一股猴子尿的味道。"欧洲人都这样,尤其是在夏天,"父亲对我们说,"这是文明的味道。"然而,尽管着装风格很硬朗,福尔贝斯太太本人却骨瘦如柴。如果当时我们年龄大一些,或者她能

---

① 德国西部城市。

69

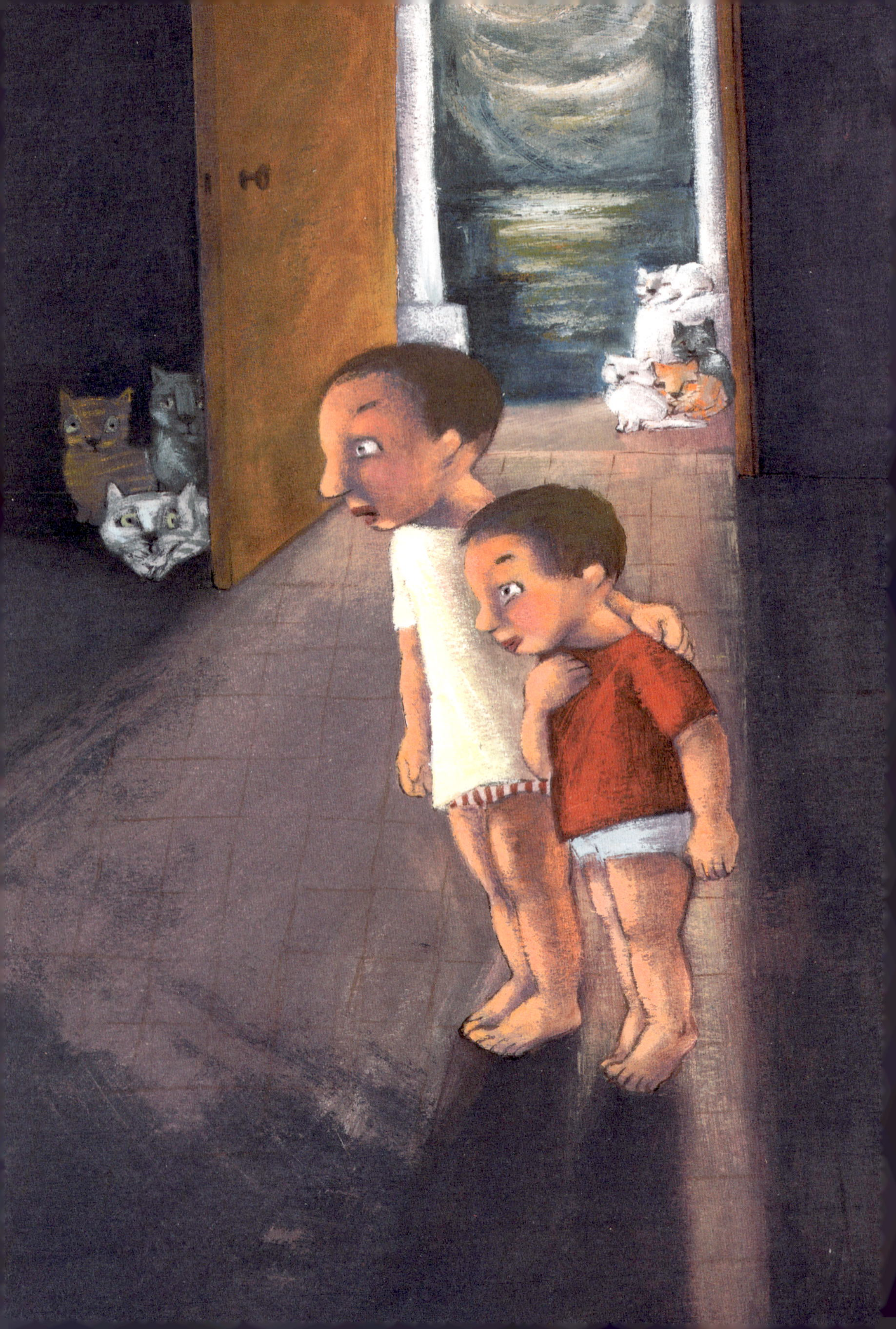

El verano feliz
de la señora Forbes

流露出一点柔情，我们也许会对她产生同情。从此我们的世界变了。自从进入夏天，我们每天都有六个小时探索神奇的大海，现在却被缩减为一个小时，而且很多时候只能进行单调重复的训练。跟父母在一起时，我们可以整天和奥雷斯特一起游泳，惊讶于他的艺高胆大，在混杂着血和墨汁的浑浊水域猎捕章鱼，除了几把匕首外别无其他武器。后来，虽然他一如既往每天中午十一点开着外挂发动机的小摩托艇过来，但是除了给我们上潜水课，福尔贝斯太太不允许他跟我们多待一分钟。她也禁止我们晚上去富尔维娅·弗拉米内亚家，因为她认为我们跟用人走得太近了。我们不得不把以前抓山鼠的时间用来研读莎士比亚。对我们这种习惯了偷人家院子里的芒果、在瓜卡马亚勒热得冒火的大街上用砖头砸狗的孩子来说，真的无法想象有比这种王子一般的生活更残忍的折磨。

然而，我们很快就发现，福尔贝斯太太对她自己并不像对我们那样严格，这是她权威的第一道裂痕。最初，在奥雷斯特教我们潜水的时候，她就在沙滩上彩色的遮阳伞下待着，穿得严严实实，读着席勒的叙事诗，之后给我们上好几个小时的社会行为理论课，直到午饭时间。

一天，她请求奥雷斯特用摩托艇带她去旅馆的游客商店，买回一件连体泳衣，黑色的，闪闪发亮，像是海豹的皮肤，但是她从不下水。我们游泳的时候，她就在沙滩上晒太阳，而且只用毛巾擦汗，不去淋浴。三天之后，她看起来就像一只活龙虾，而她身上文明的味道已然变得令人窒息。

黑夜让她得到了解脱。从她接手照料我们开始，我们就感觉到夜里有人在家里走来走去,甚至手舞足蹈。弟弟觉得那是富尔维娅·弗拉米内亚跟我们提起过的溺水者的游魂,惊恐不安。但很快我们就发现那是福尔贝斯太太。每到夜晚她就过上了一个独居女人的真实生活,而这种生活正是白天那个她严厉抨击的。一天凌晨,我们撞见她在厨房里,穿着女学生式的睡衣,正在制作美味的甜点,浑身上下都沾了面粉,连脸上都有,而且正在喝一杯波尔图葡萄酒,神志不清。这对白天那个福尔贝斯太太来说,简直是一桩丑闻。那时我们才知道,我们入睡以后,她并没有回自己房间,而是偷偷下海去游泳,或者在客厅待到很晚,把电视调成无声,看少儿不宜的电影,一边吃着整个的蛋糕,一边喝着我父亲珍藏的只在特殊日子才舍得拿出来的好酒,直到喝完一整瓶。跟她整日挂在嘴上的朴素克制正相反,她是如此贪得无厌,带着一种放肆的激情。接下来我们会听到她在自己房间自言自语,用悦耳的德语整段整段地朗诵《奥尔良少女》①,唱歌,或是在床上啜泣到天明,然后她双眼红肿地出现在早餐桌前,越来越阴郁,也越来越专横。我和弟弟此后再也没有像那时那样悲惨过。但是我打算忍到最后,因为我知道,无论如何胳膊拧不过大腿。弟弟却拿出他个性中所有的强硬同她对抗,于是我们的快乐夏日变成了地狱。海鳗事件触动了他的底线。那天晚上,我们躺在床上听着福尔贝斯太太在沉睡的房子里不停地走来走去,一直在弟弟心里发酵的仇恨突然爆发了。

---

① 德国诗人、作家弗里德里希·席勒(1759—1805)的作品。

El verano feliz
de la señora Forbes

"我要杀了她。"他说。

我很惊讶。不全是因为他的坚决,而是因为正巧从吃晚饭开始我也在想同样的事。不过我还是试图劝阻他。

"你会被砍头的。"我说。

"西西里没有断头台,"他说,"再说,也不会有人知道是谁杀了她。"

他想到了我们从海里捞上来的那个陶罐,里面还有残留的毒酒。父亲留着它是想拿去做更深入的检测,以探究其毒性,因为那不可能是时光单独造成的结果。用它来对付福尔贝斯太太易如反掌,谁也不会想到,这既不是意外也不是自杀。于是在天快亮的时候,当我们感觉到她在折腾了一夜之后已疲惫不堪地躺倒了,我们把陶罐里的毒酒倒进了装着父亲珍藏之酒的瓶子里。据说这个剂量足以杀死一匹马。

每天早上九点,我们准时在厨房吃早饭,福尔贝斯太太亲自端上来,甜面包是富尔维娅·弗拉米内亚一大早就放在烤箱里的。酒被偷偷换掉两天以后,早饭时弟弟用一个失望的眼神让我注意到,那个装毒酒的瓶子在餐具柜里原封未动。那天是礼拜五,接下来的周末也是如此。但是礼拜二晚上,福尔贝斯太太看着电视里播的成人电影,把酒喝掉了一半。

然而,礼拜三早上她还是准时出现在餐桌前。因为熬夜,她的脸色一如既往的晦暗,厚厚的镜片后面,眼神跟平常一样焦虑。当她看到装甜面包的篮子里有一封贴着德国邮票的信时,眼神更加急切。她一边喝咖啡一边看信,虽然她跟我们讲过多次不应该这样做。在读信的过程中,

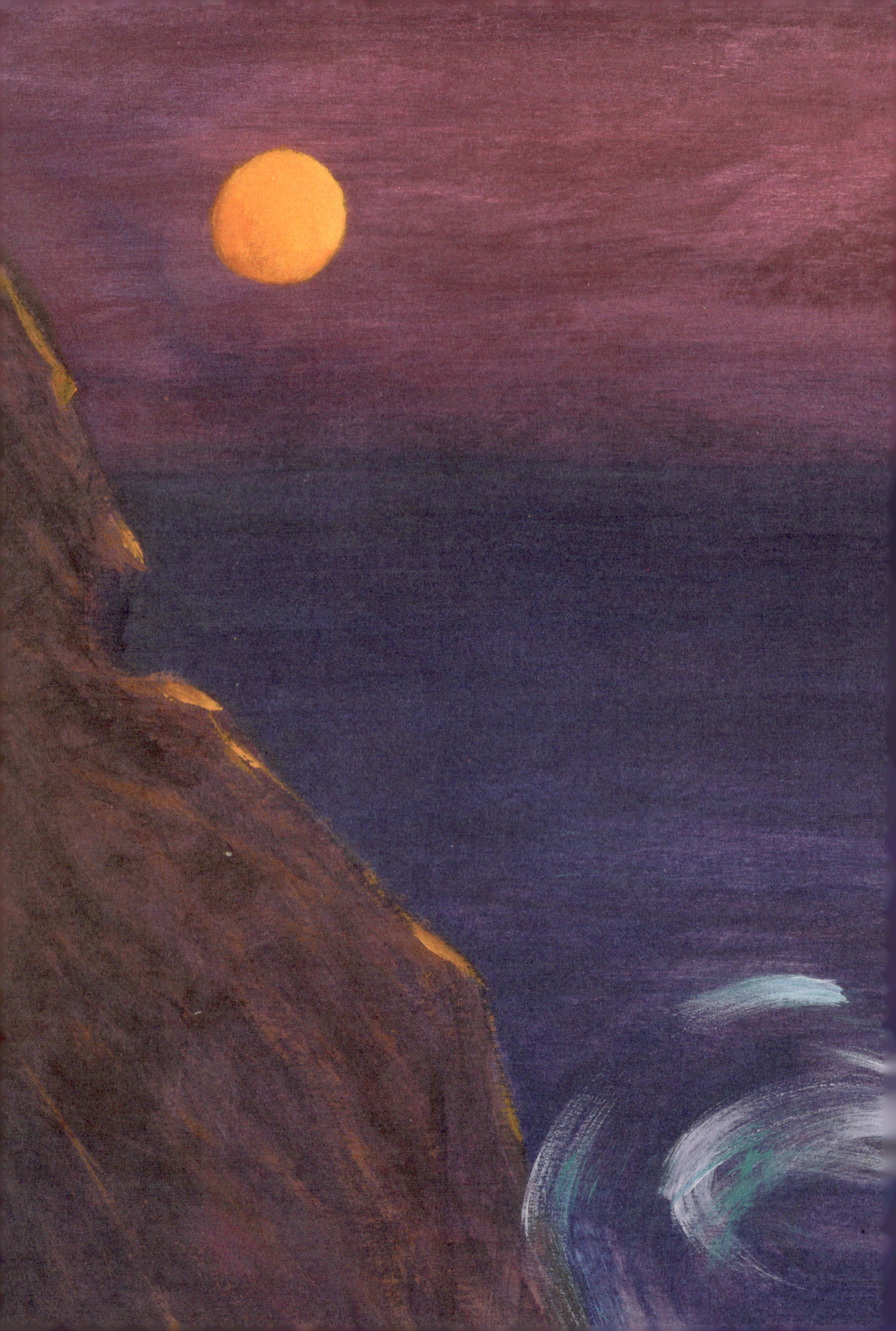

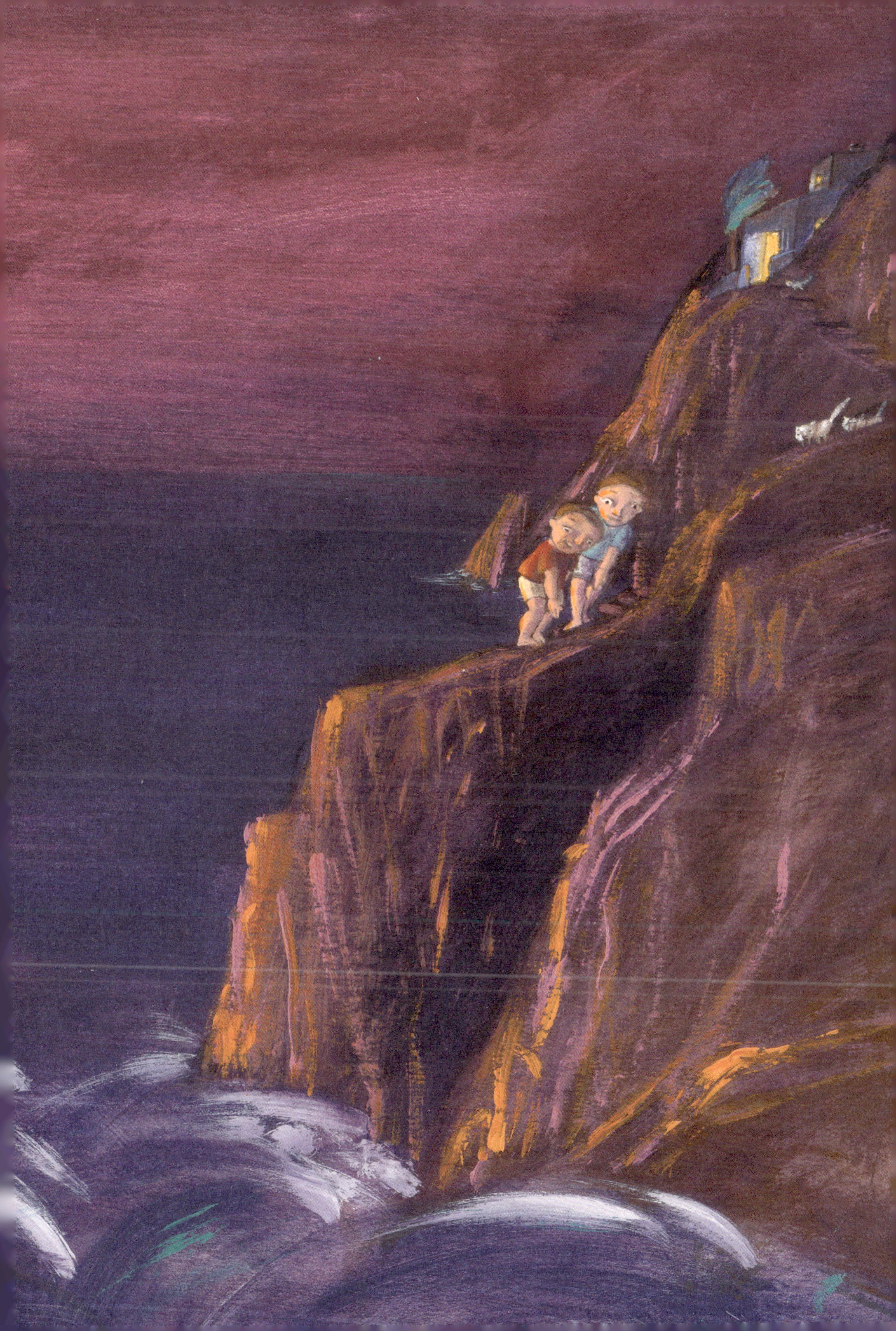

她的脸色随着上面的字句阴晴不定。接着她撕下信封上的邮票,把它们跟剩下的面包一起放在篮子里,富尔维娅·弗拉米内亚的丈夫收集邮票。尽管那天一大早就不顺心,她还是陪我们一起上了潜水课。我们偏离正常路线,游进了一片盐度较低的海域,直到气罐里的氧气快要用尽。而且那天我们没上礼仪课就回家了。福尔贝斯太太不但整个白天情绪高涨,而且在晚餐时看上去比以往任何时候都活泼。弟弟接受不了这令人沮丧的结果。福尔贝斯太太一下令开始吃饭,他就以挑衅的姿态把面条汤推开。

"我他妈的烦透了这个虫子汤。"他说。

这句话就好像往餐桌上扔了一枚手榴弹。福尔贝斯太太白了脸,嘴角的线条变得僵硬。等到爆炸的硝烟慢慢消散,她的镜片上已满是泪水。她摘下眼镜,用餐巾擦干。在站起来之前,她把餐巾放在桌上,带着不光彩的落败的苦涩。

"你们想干什么就干什么,"她说,"就当我不存在。"

她从七点开始就把自己关在房间里。但是,快到半夜的时候,她料想我们已经睡着了,我们看见她穿着女学生式的睡衣,拿着半个巧克力蛋糕和那个还有四指多高毒酒的瓶子回了自己房间。我打了个冷战,为她感到难过。

"可怜的福尔贝斯太太。"我说。

弟弟依然愤愤不平。

"如果她今晚没死,可怜的是我们。"他说。

El verano feliz
de la señora Forbes

那天凌晨她又自言自语了很长时间,在近乎疯狂的情绪中,她高声朗诵席勒的诗句,最后以一声响彻整栋房子的尖叫攀上了顶峰。接着她发出多次叹息,似乎将整个灵魂都倾空了,最后,随着一声像是漂泊的小船发出的凄厉而绵长的哨音归于平静。因为夜里盯了她很久,第二天醒来时,我们仍然觉得筋疲力尽。阳光从百叶窗缝里像刀片一样投射进来,但整栋房子仿佛沉没在池塘中。这时候我们才发现已经快十点了,而我们没有被福尔贝斯太太每天早晨的例行日程吵醒:既没有听到八点钟冲马桶的声音、洗手池水龙头的流水声、拉开百叶窗的声音,也没有听到她靴子的铁掌踩在地上的声响,以及奴隶贩子似的手掌那三下催命的拍门声。弟弟把耳朵贴在墙上,屏住呼吸,努力捕捉隔壁房间最细微的生命迹象,最后长出了一口气。

"万事大吉!"他说,"唯一能听到的就是大海的声音。"

快到十一点的时候我们自己准备了早餐,然后在富尔维娅·弗拉米内亚带着那群猫来打扫卫生之前,带着各自的两罐氧气,外加两罐备用气,去了海滩。奥雷斯特已经到码头了,正在给一条刚刚捕到的六磅重的金头鲷开膛。我们告诉他,我们等福尔贝斯太太到十一点,看她还在睡觉,就决定自己下来。我们还告诉他,头天晚上她在餐桌上哭了,也许晚上没睡好,更愿意继续在床上待着。但正如我们所料,奥雷斯特对这些解释没什么兴趣。他陪着我们在水下东扫西荡了一个多小时,然后示意我们上去吃午饭,自己则开着小摩托艇去游客们住的旅馆卖那条金头鲷。我们站在石阶上挥手向他告别,让他相信我们正准备回家,直到他消失在悬崖的拐角处。然后，我们再次背上氧气罐，在没有任何人允许的情况下继续游泳。

天阴了下来，地平线上传来隐隐的雷声，但大海仍旧平静而清澈，本身的光就足以照明。根据估算，我们从海面上游到潘泰莱里亚灯塔那里，然后向右游了大约一百米，从初夏时发现鱼雷的地方潜了下去。它们还在那里：一共六枚，漆成明黄色，上面的序列号完好无损，完全按次序排列在这火山底部，不可能是无意为之。接下来我们继续绕着灯塔转圈，寻找富尔维娅·弗拉米内亚多次绘声绘色地向我们描述过的沉没的城市，但是并无斩获。两小时后，我们确信没有什么新的神秘物体有待发现了，才凭着最后一口氧气浮出水面。

在我们潜水时，外面下了一场暴雨。海面上波涛汹涌，沙滩上到处都是垂死挣扎的鱼，一大群食肉的海鸟在低空盘旋，发出凄厉的尖叫。但是傍晚的阳光像晨曦一样炫目，没有福尔贝斯太太的生活很美好。然而，当我们筋疲力尽地爬上礁石台阶，却看到家里有很多人，门口停着两辆警车。这时我们才第一次意识到自己都做了些什么。弟弟开始发抖，想要掉头。

"我不进去。"他说。

相反，我当时有一种模糊的想法：只要进去看看尸体，我们就不会被人怀疑。

"别慌，"我对他说，"深呼吸，只想着一件事：我们什么都不知道。"

没人注意我们。我们把氧气罐、面具和潜水脚蹼放在门厅，从侧面的走廊绕进去，那里有两个男人坐在地上抽烟，身边放着一副担架。这时候

El verano feliz
de la señora Forbes

我们才发现后门还有一辆救护车和几个荷枪实弹的警察。客厅里，附近的女人们坐在靠墙的椅子上，正在用方言祷告。男人们则聚集在院子里，谈论着跟死亡毫无关系的话题。我紧紧地握着弟弟僵硬冰凉的手，从后门走进房子。我们的卧室门开着，里面的情形跟我们早上离开时并无二致。而隔壁，也就是福尔贝斯太太的房间，有一个全副武装的警察守在门口，但门是开着的。我们怀着沉重的心情探身朝里面看去。就在这时，富尔维娅·弗拉米内亚像一阵风似的从厨房跑出来，惊叫着关上了房间的门。

"看在上帝的分上，孩子们[①]，别看她！"

已经晚了。在以后的人生中，我和弟弟从未忘记在那短暂的一瞬间所看到的情形。两个警察正在用卷尺测量从床到墙的距离，另一个警察则像公园摄影师一样在用蒙着黑布的相机拍照。福尔贝斯太太没有躺在一片狼藉的床上，而是侧身躺在地上，浑身赤裸着倒在一片已经凝固的血泊中，血已经把房间的地板整个染红了。她身上密密麻麻全是刀伤。其中二十七处是致命伤。从伤口的数量和残忍程度可以看出，它们是在激烈的性爱激起的狂乱中刺上去的，而福尔贝斯太太以同样的激情接受了伤害，甚至没有叫，也没有哭，而是用她士兵一样洪亮优美的嗓音朗诵着席勒，清醒地知道这是她的快乐夏日必须付出的代价。

---

① 原文为意大利语。

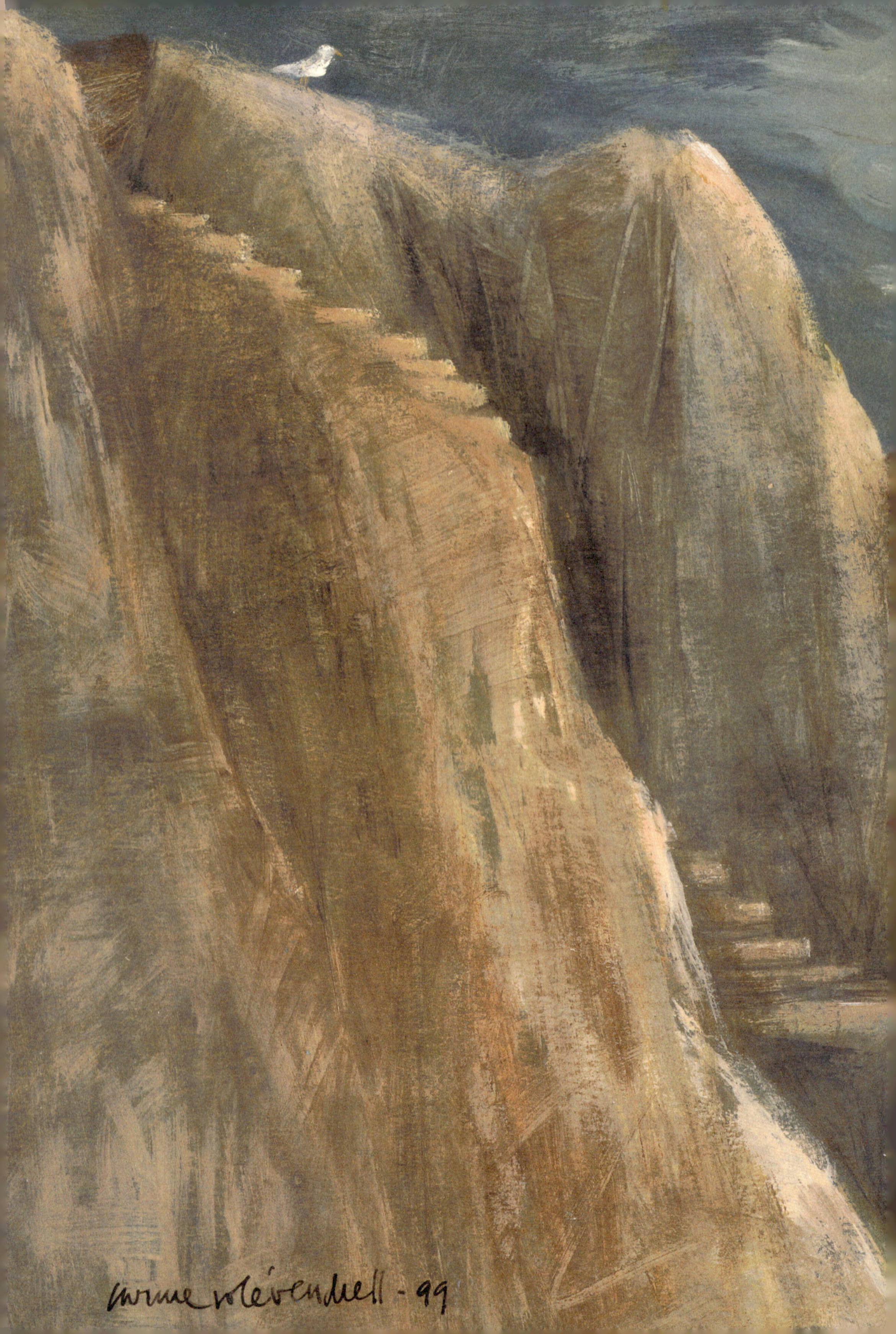

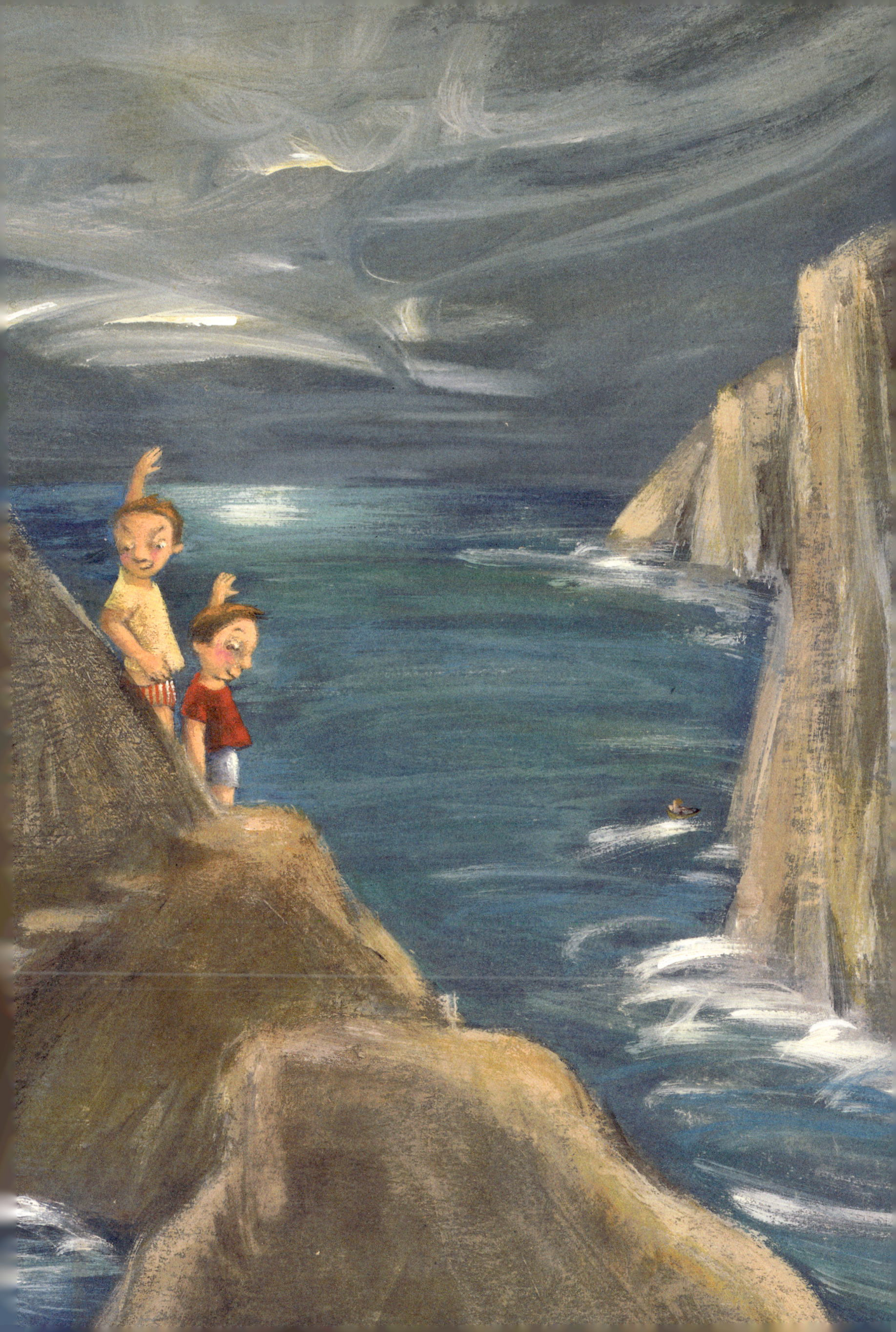

光恰似水

La luz
es como el agua

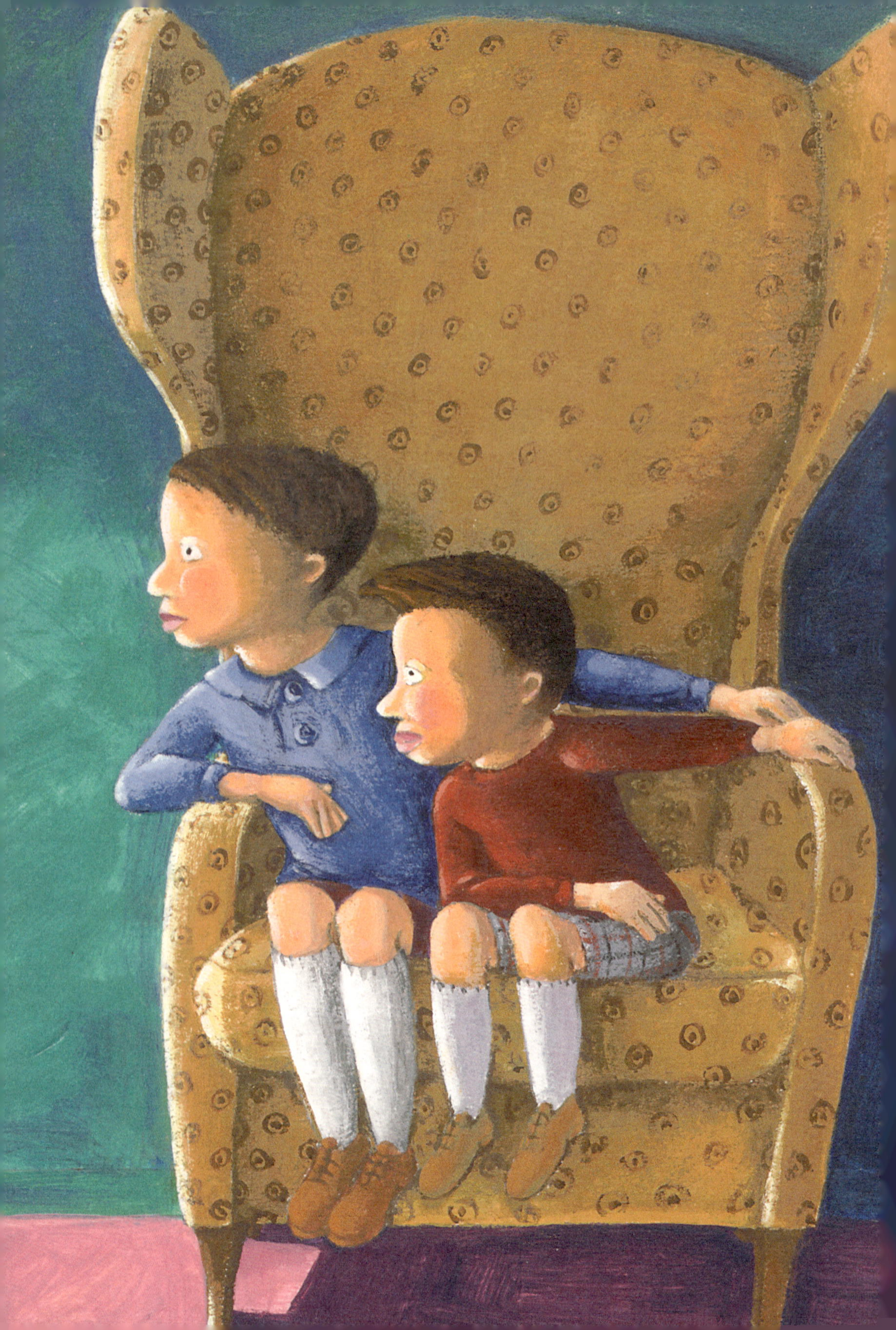

La luz

es como el agua

圣诞节的时候孩子们再次要求买一条划艇。

"没问题,"爸爸说,"我们回到卡塔赫纳就买。"

但九岁的托托和七岁的霍埃尔比父母料想的更坚决。

"不!"他们异口同声地说,"我们现在就要,就在这里。"

"可是,"妈妈说,"想在这里划船,除非用淋浴喷头放洗澡水。"

父母说的都有道理。他们在卡塔赫纳的家有一个院子,里面除了有个建在海湾的小码头,还有个可以停放两艘快艇的避风港。而在马德里,他们一家四口挤在卡斯特利亚纳步行街四十七号五楼的一套公寓里。但是最后父母谁也无法拒绝孩子们的要求,因为他们曾经答应过,要是孩子们在小学三年级得到桂冠奖,就给他们买一艘带六分仪和指南针的划艇,而他们真的做到了。所以爸爸瞒着妈妈买下了小艇,因为她觉得那是句戏言,很不情愿履行诺言。那是一艘漂亮的铝船,船身画着一条金色的吃水线。

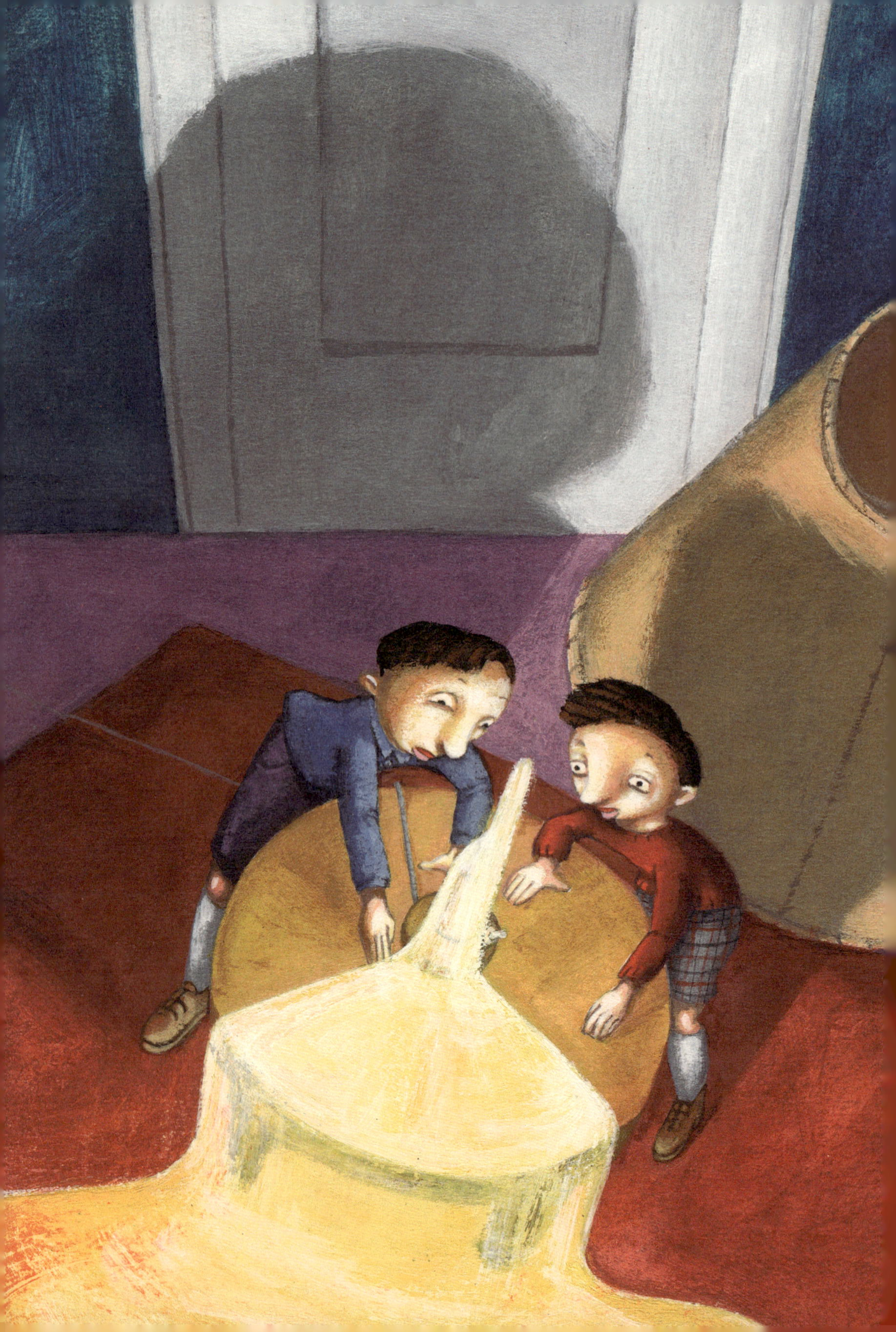

La luz
es como el agua

"小船已经在车库里了。"午饭时爸爸宣布,"但问题是没有办法搬上来,既不能扛进电梯,也没法从楼梯搬上来,而车库里已经没有富余的地方了。"

然而,接下来的礼拜六下午,孩子们找来同学,从楼梯把小船抬了上去,并设法搬进了杂物间。

"祝贺你们!"爸爸说,"那现在怎么办?"

"不怎么办。"孩子们回答,"我们唯一的愿望就是房间里有一艘小船,现在已经实现了。"

每个礼拜三晚上父母都会去看电影,这周也不例外。孩子们成了家里的主人。客厅里亮着一盏灯,他们关上门窗,打碎了灯泡。一股像水一样清澈的金色光芒从破碎的灯泡里流出来,孩子们让它一直流淌,直到在屋里积到四掌深。然后他们关掉电源,抬出小船,高高兴兴地在家中各个"岛屿"间航行。

孩子们这种神话般的冒险源于我一句轻率的话。当时我正在参加一个研讨会,主题是与家用物品有关的诗歌,托托问我,为什么一按开关灯就会亮,我不假思索地回答:

"光就像水,拧开水龙头,它就出来了。"

于是他们每个礼拜三晚上都在家里划船,学习使用六分仪和指南针,直到父母从电影院回来,看到他们像陆地上的天使一样睡着了。过了几个月,孩子们很想更进一步,于是要求一套水下捕鱼的装备,而且要的十分齐全:面具、脚蹼、氧气罐和压缩空气猎枪。

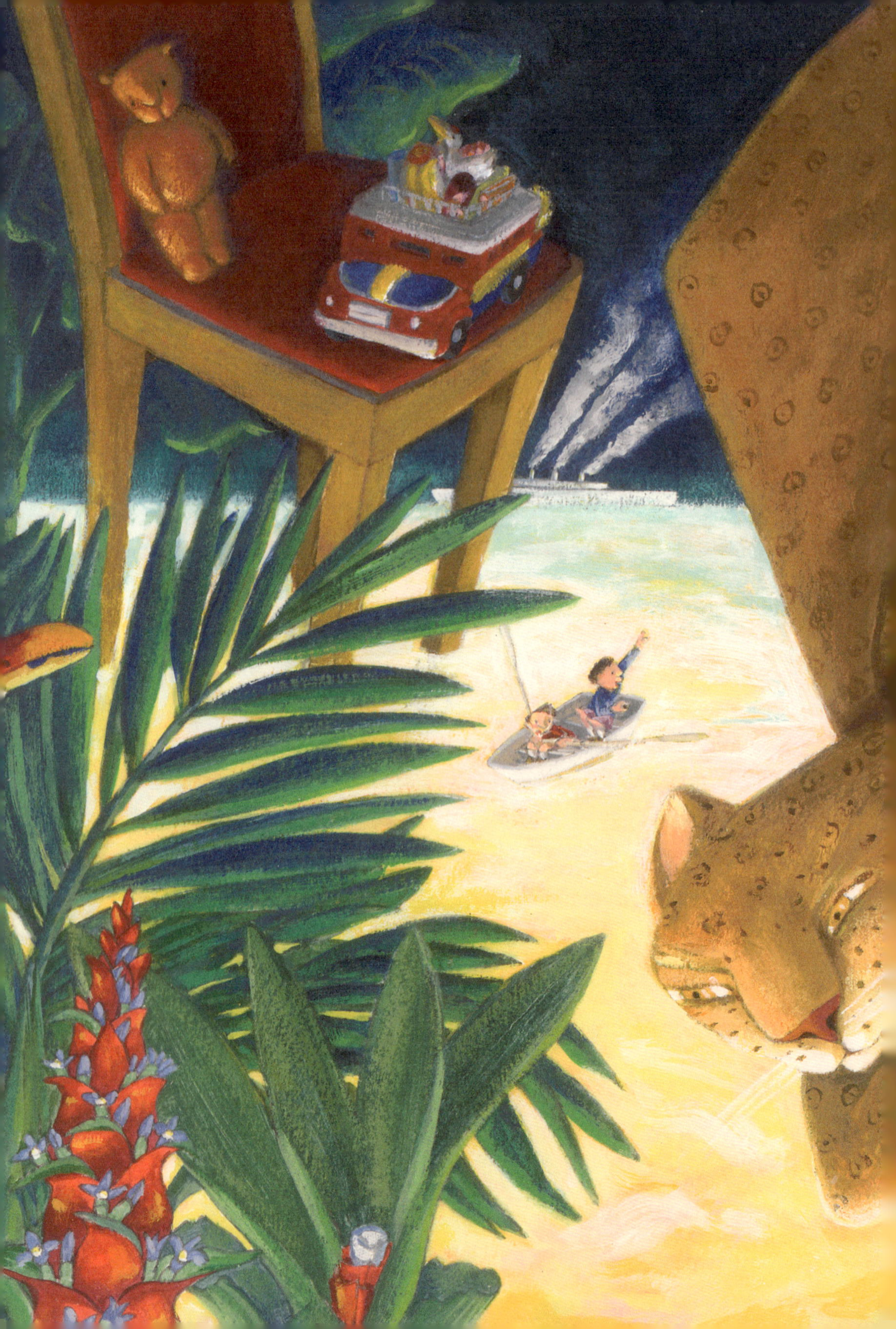

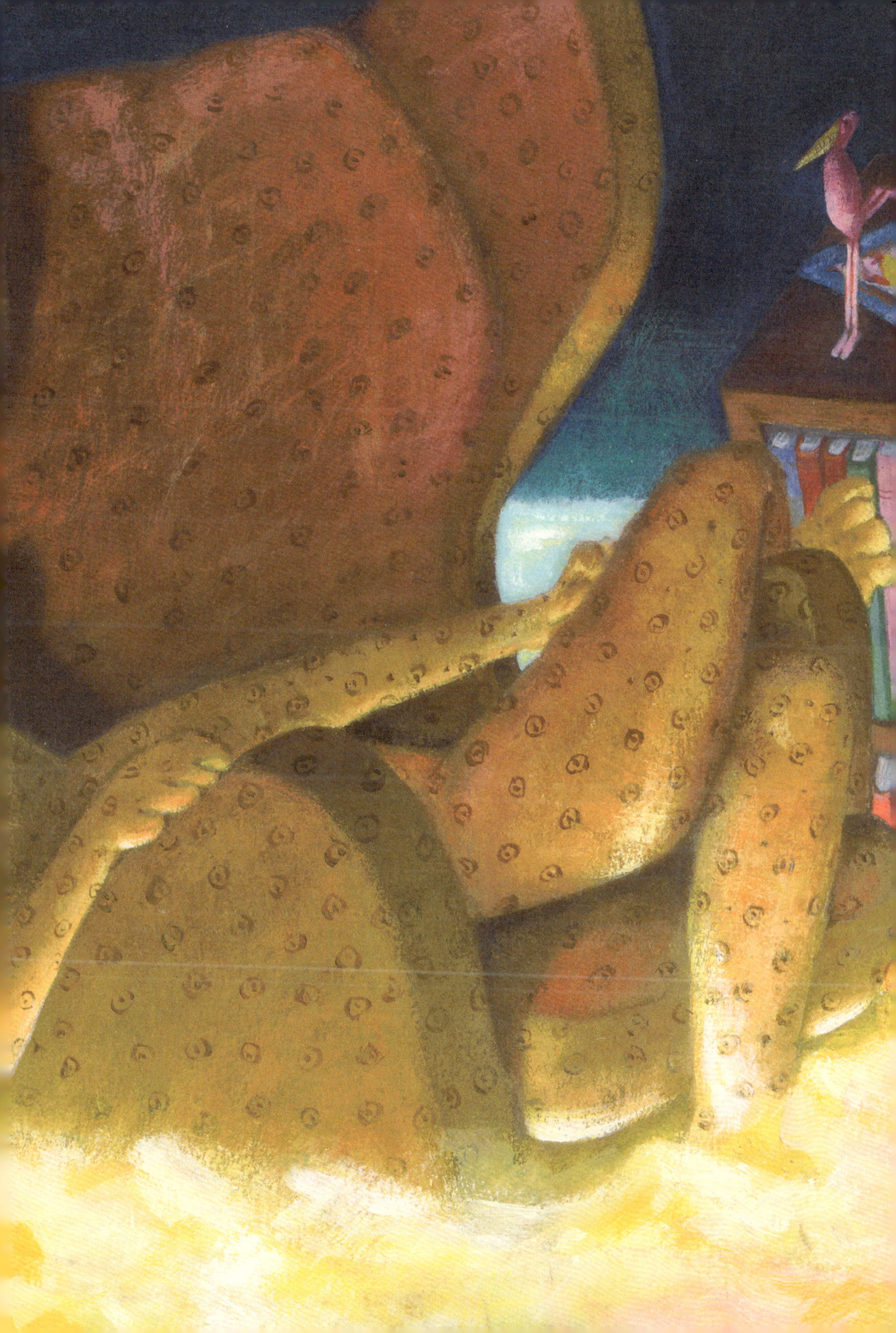

光 恰 似 水

"杂物间里有一艘根本派不上用场的小船已经很糟糕了，"爸爸说，"你们还想要一套潜水装备，这更不像话。"

"那如果我们第一学期得到金栀子花奖呢？"霍埃尔问。

"不行。"妈妈吓了一跳，"别得寸进尺。"

爸爸埋怨她不懂得妥协。

"如果是为了履行自己应尽的义务，这两个孩子连一枚钉子都赢不来，"她说，"但为了那些任性的想法，他们甚至能把老师的椅子赢过来。"

最后，爸爸妈妈既没答应也没拒绝。但是，前两年成绩一直垫底的托托和霍埃尔这一年的七月份却得到了金栀子花奖，还受到校长的公开表扬。当天下午，不用再次提出要求，他们在卧室发现了包装完整的潜水装备。接下来那个礼拜三，当父母去看《巴黎最后的探戈》[1]时，孩子们让房间里的光积到两㖊[2]深，然后像两条温顺的鲨鱼一样，漫游在家具和床底下，并从光的深处打捞出一些被遗失在黑暗中好几年的东西。

在学年最后的表彰中，兄弟俩被评为学校的模范生，并拿到了荣誉证书。这次他们不需要提出任何要求，因为爸爸妈妈主动问他们想要什么。他们显得十分理性，说只希望在家里举办一次聚会，招待班上的同学。

当父母单独在一起的时候，爸爸高兴得容光焕发。

---

[1] 意大利导演贝尔纳多·贝托鲁奇（1941—2018）的作品，1972年上映。
[2] 英制长度单位，表示双臂伸直的长度，约合1.8m，多用于海洋深度测量。

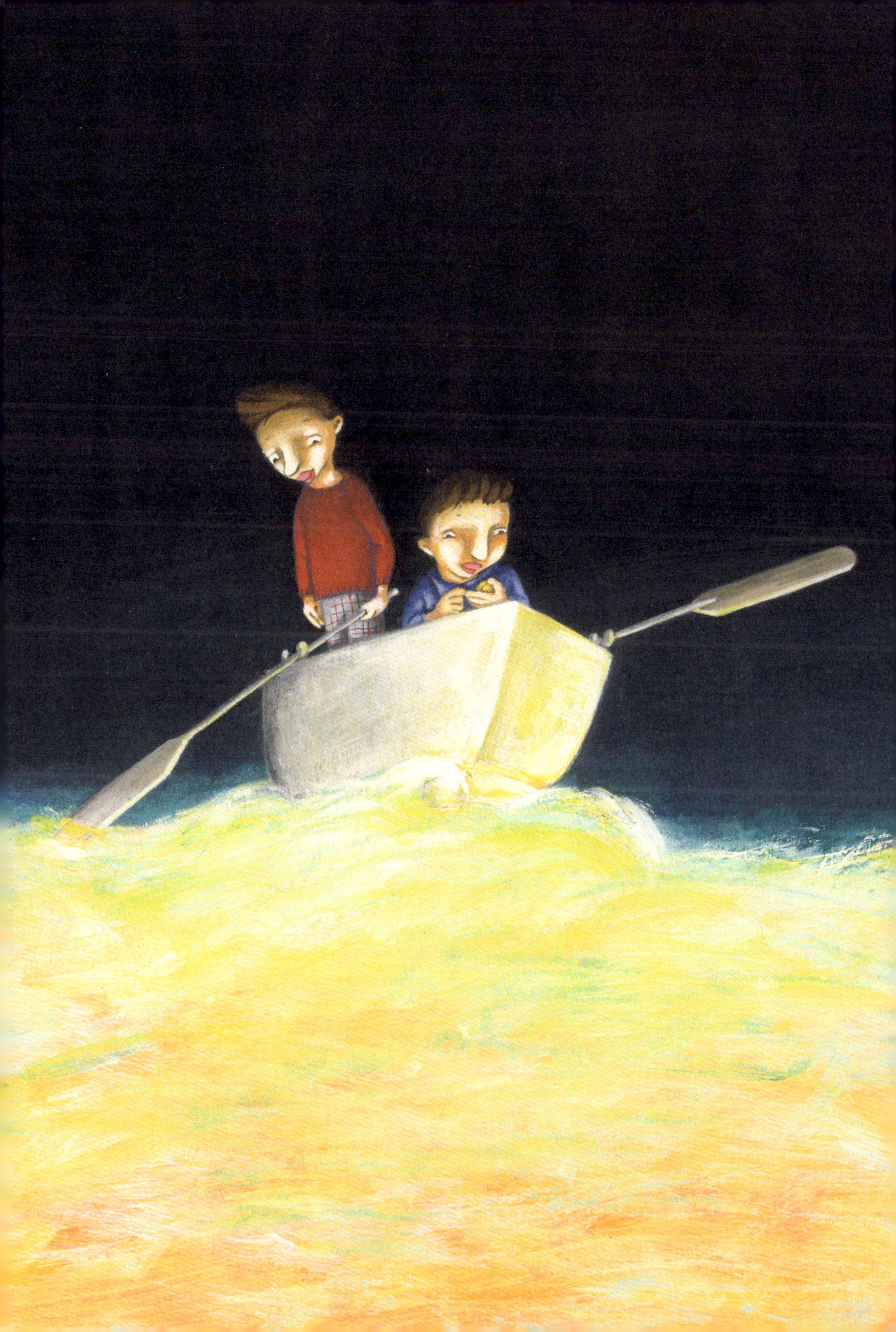

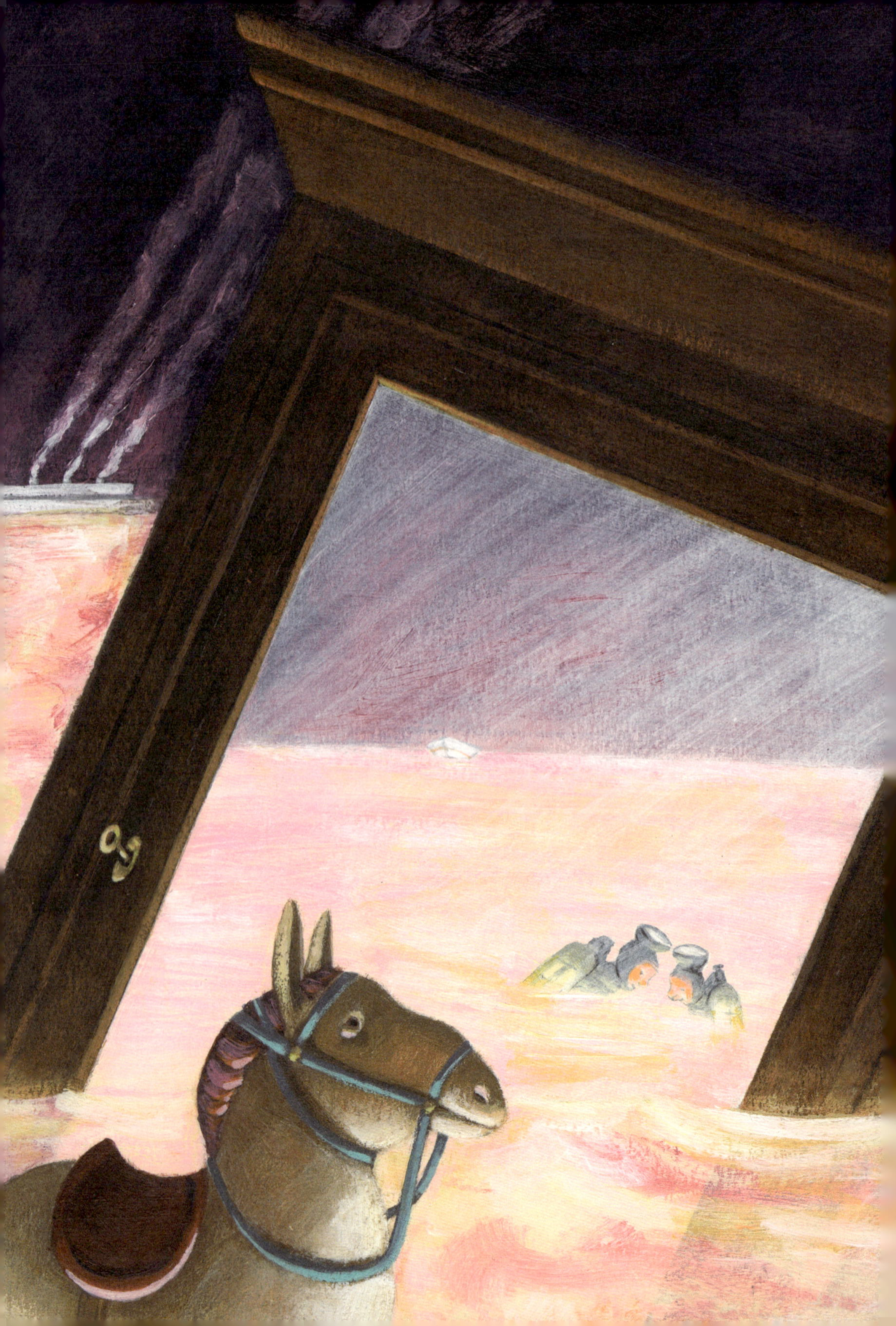

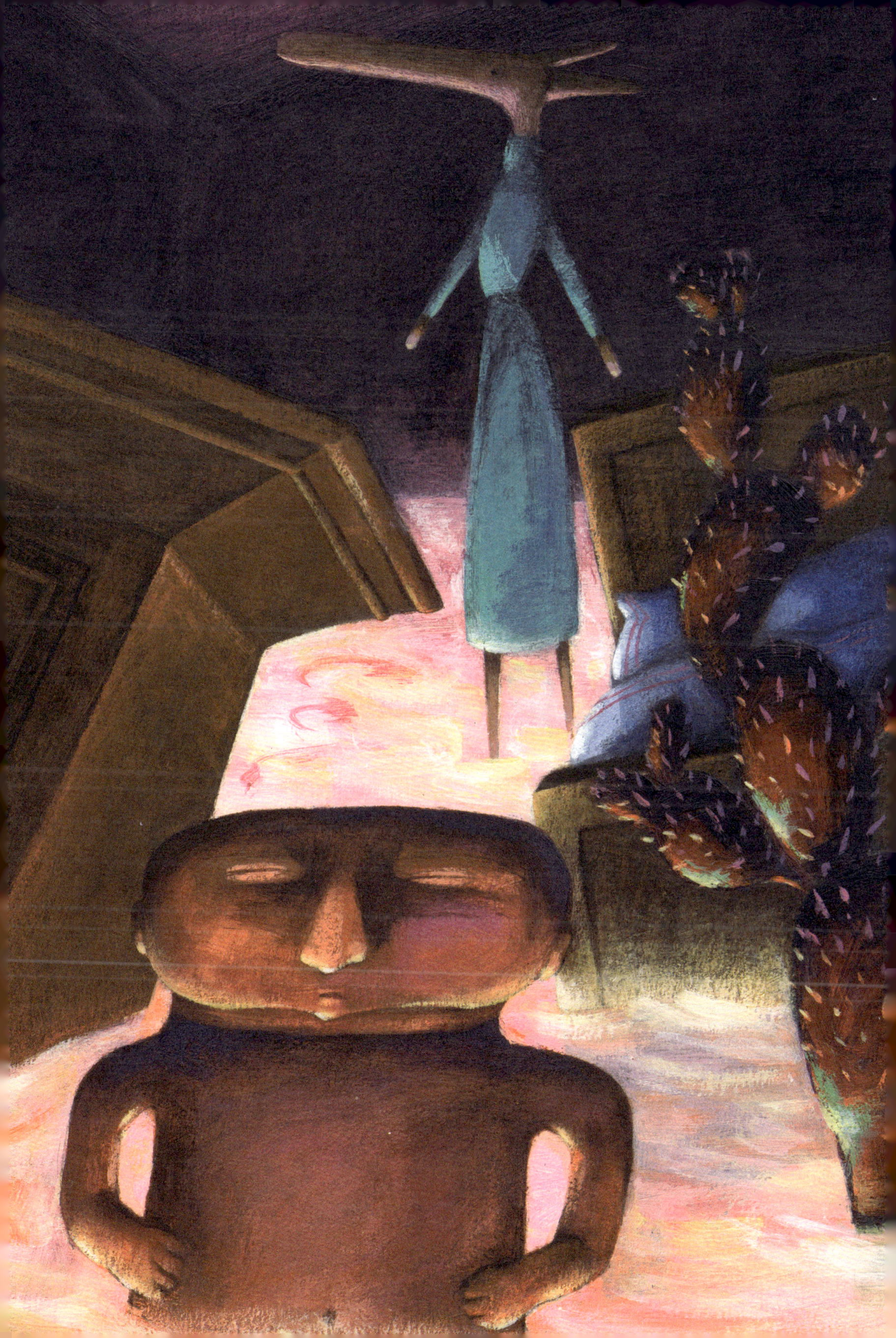

光 恰 似 水

"这说明他们成熟了。"他说。

"希望上帝能听到你这句话。"妈妈说。

接下来那个礼拜三，当父母去看《阿尔及尔之战》①时，经过卡斯特利亚纳大街的人们看到，一道光的瀑布从一栋绿树掩映的旧楼里倾泻而出，顺着阳台和建筑的外立面流下来，沿着大街流淌，形成一条金色的河流，照亮了整座城市，直到瓜达拉马②。

有人报警了。消防员强行打开五楼公寓的门，发现整个屋子直到天花板都淹没在光里。包着豹皮的沙发和椅子漂浮在客厅的不同高度，旁边漂着吧台的酒瓶和三角钢琴，钢琴上盖的马尼拉毯子像一条金色的蝠鲼在半空中扑棱着。炊具和餐具真的像诗歌里写的那样，张着翅膀在厨房里飞来飞去。孩子们跳舞时用的军乐队的乐器也漂浮在光里。从妈妈的鱼缸里跑出来的五颜六色的鱼儿是屋里唯一活下来的生物，在广阔的光的沼泽中快乐地游来游去。卫生间里漂浮着所有人的牙刷、爸爸的避孕套、妈妈的护肤品瓶子和备用假牙。主卧里的电视机侧着漂浮在空中，还在播放着少儿不宜的午夜档电影的最后一幕。

在走廊尽头的人字形屋顶下面，托托坐在小船的船尾，手紧紧地抓着桨，脸上还戴着面具，寻找着港口的灯塔，直到气罐中的氧气耗尽。霍埃尔漂浮在船头，还在六分仪上寻找北极星的高度。而他们的三十七个同班同学则漂浮在屋里各处，全部停在那一瞬间：有的在对着天竺葵

---

① 一部讲述阿尔及利亚民族解放阵线同法国殖民政府的对抗的半纪录片，1966 年上映。
② 西班牙马德里自治区下属小城。

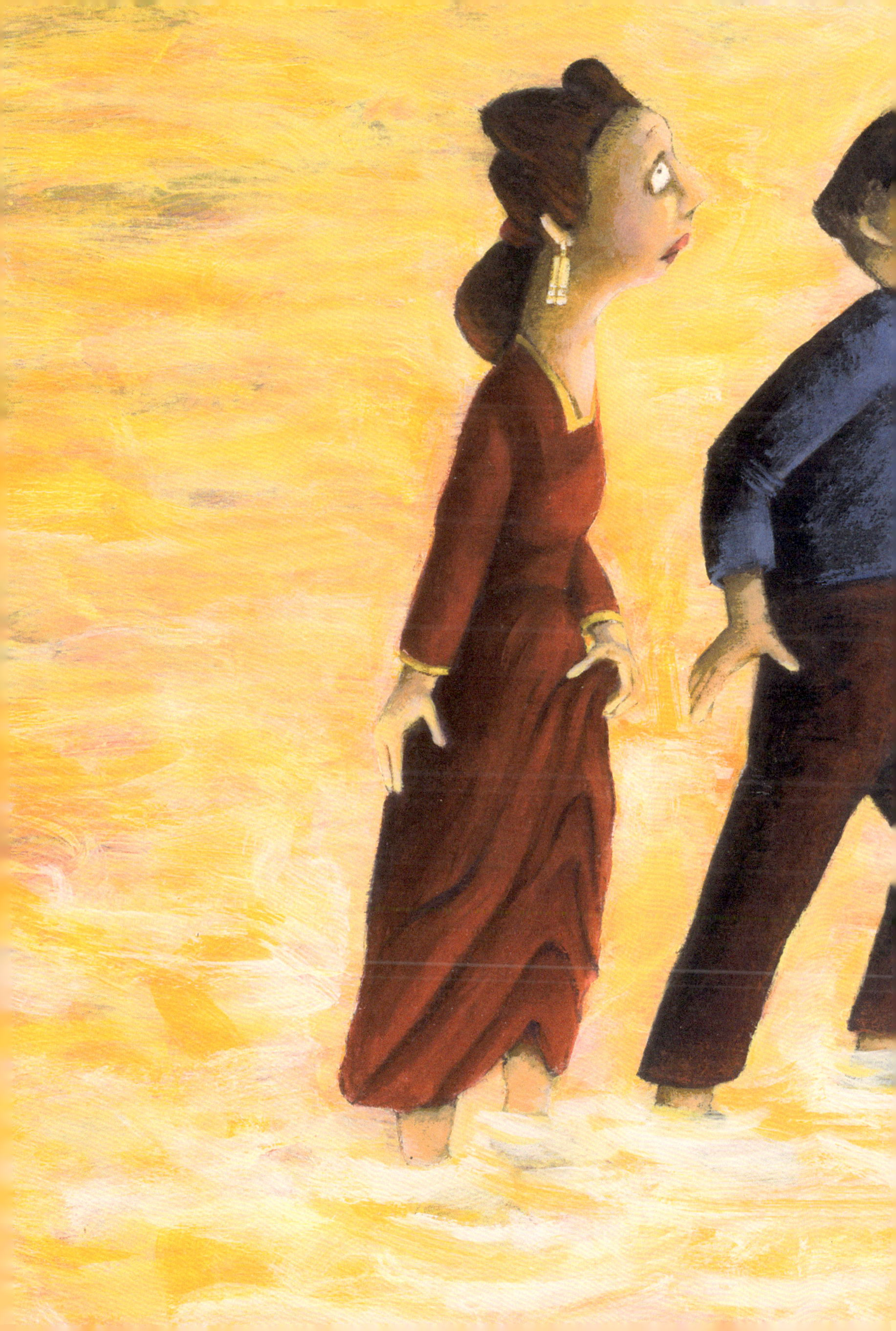

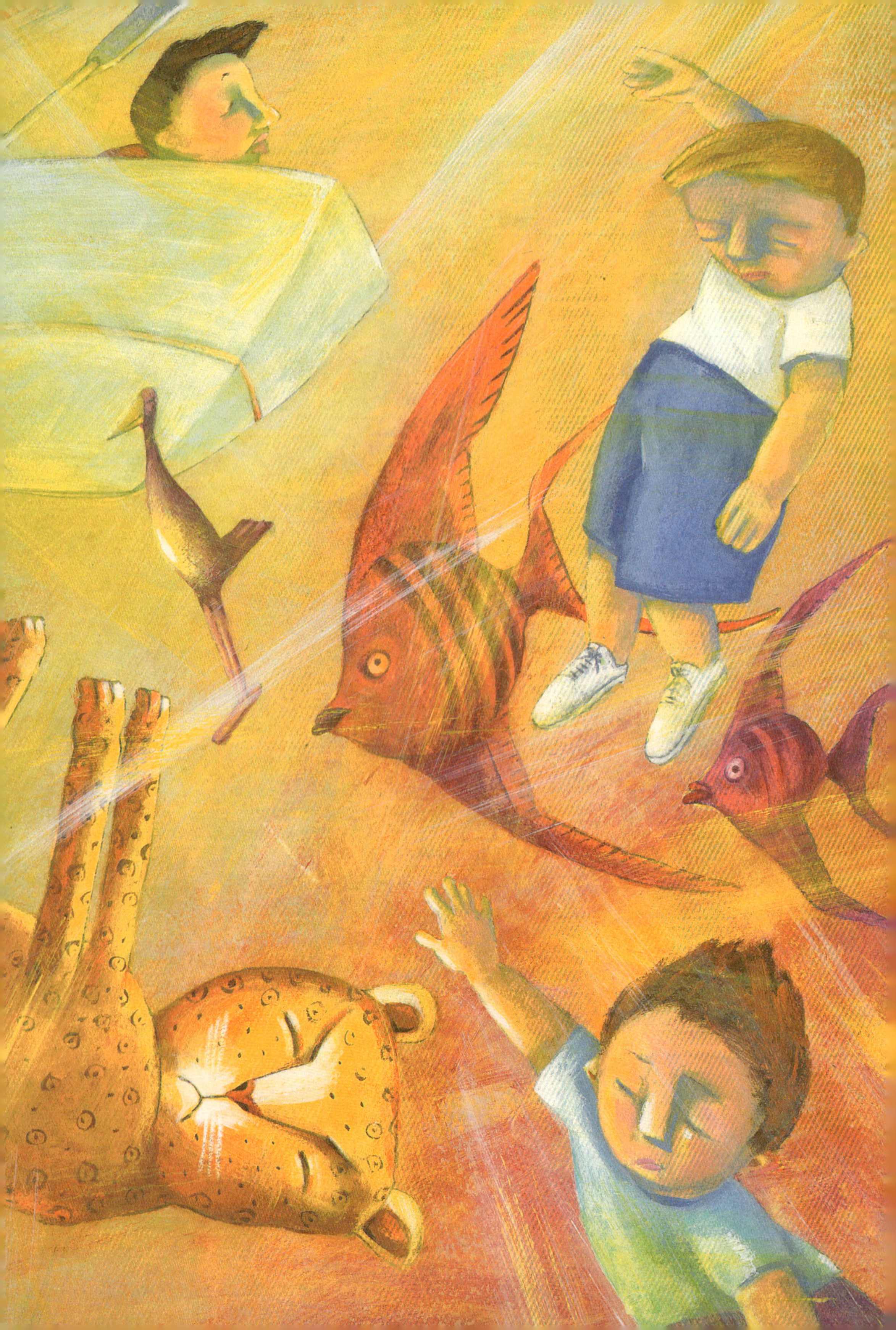

La luz
es como el agua

花盆尿尿，有的在唱校歌，歌词被改成了嘲笑校长的词句，有的在偷喝一杯从爸爸的酒瓶里倒的白兰地。因为他们一下子释放了太多光，整个屋子都被淹没了。济贫者圣朱利安学校小学四年级的所有学生都在卡斯特利亚纳步行街四十七号五楼的公寓里溺亡了。在西班牙马德里，一个夏天烈日炎炎、冬天寒风刺骨、既不靠海也没有河的遥远城市，世代生活在坚实的陆地上的人们从不擅长在光中航行。

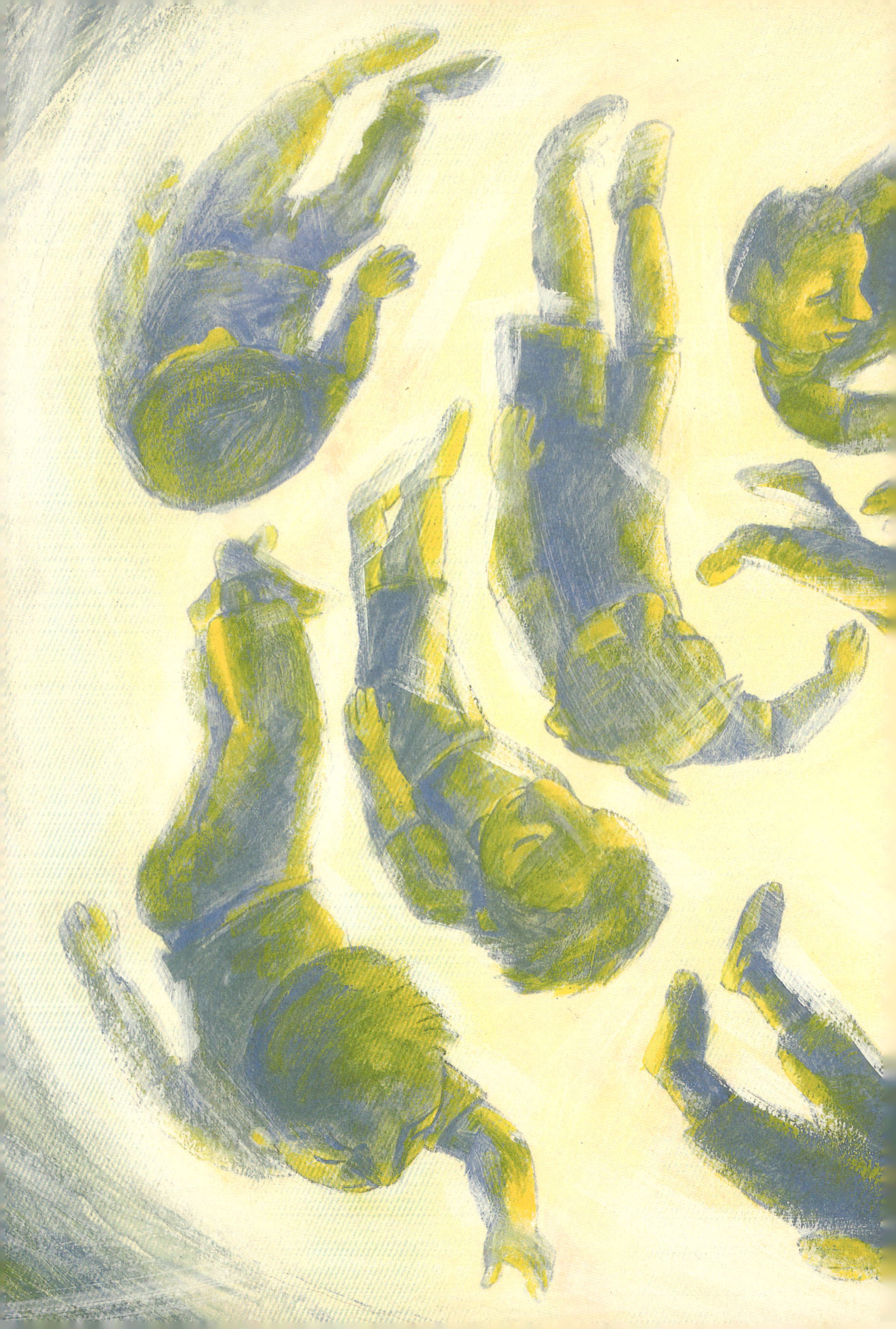

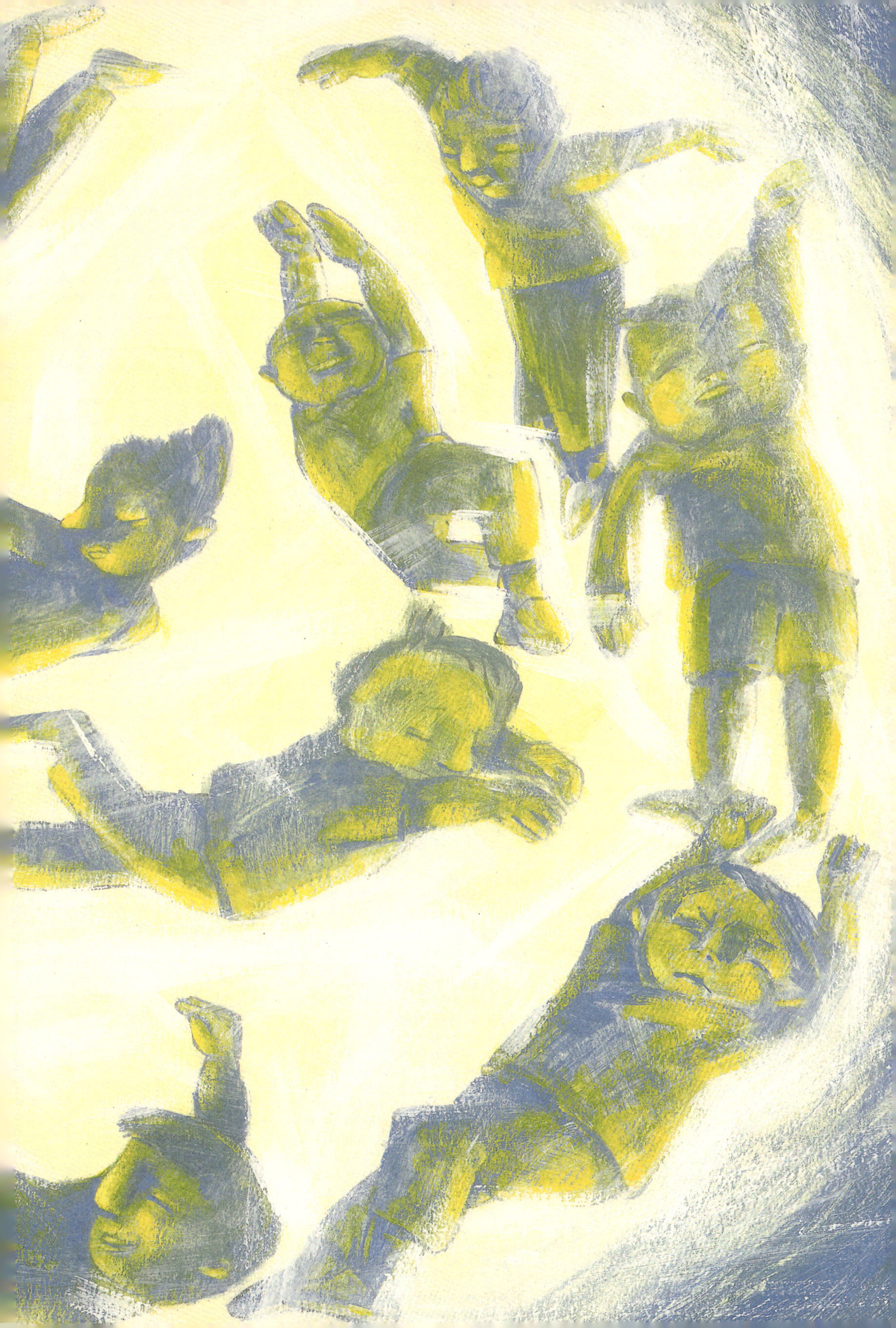

玛利亚·多斯普拉泽雷斯

María dos
Prazeres

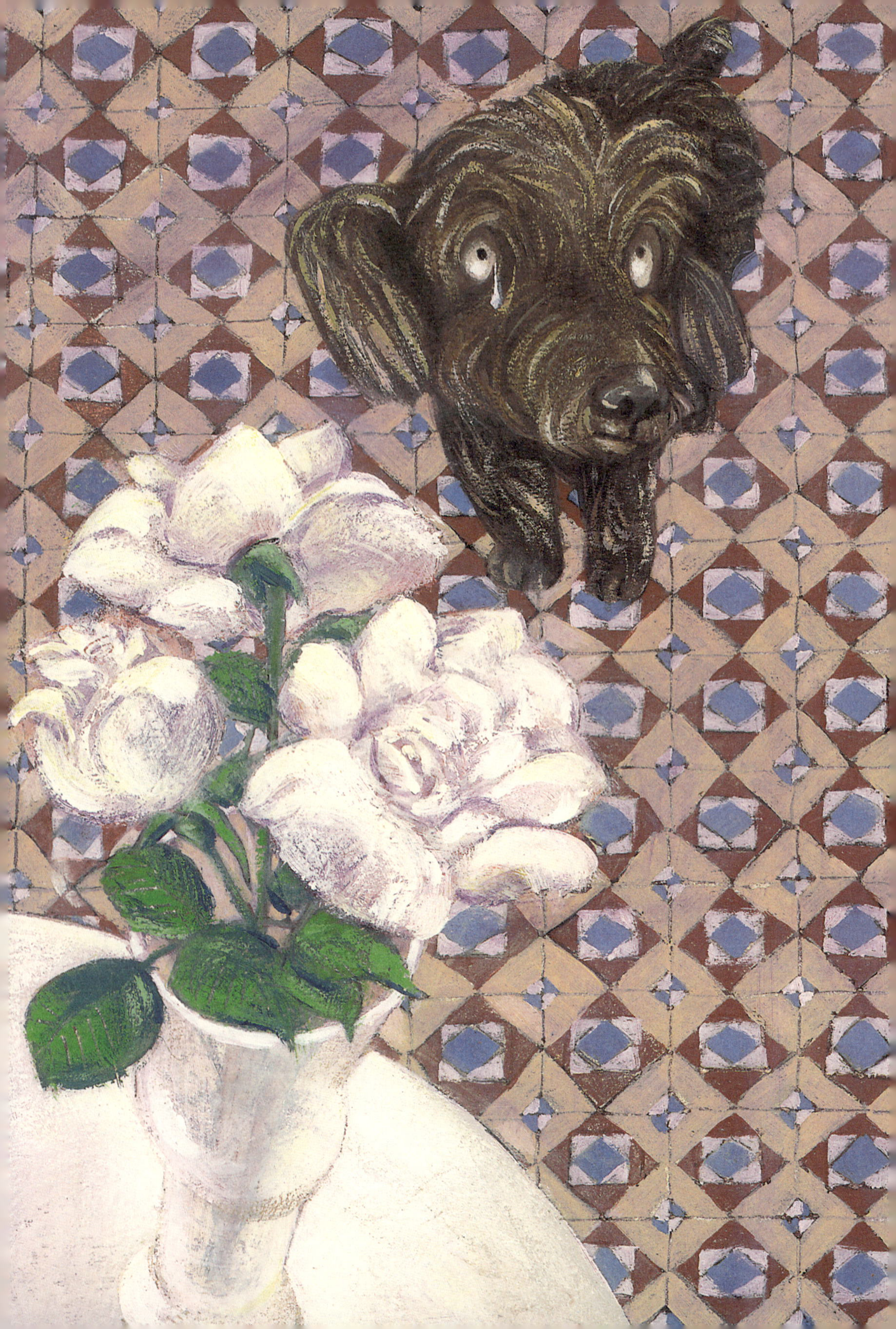

Maria dos
Prazeres

殡葬公司的业务员到得如此准时，玛利亚·多斯普拉泽雷斯还穿着睡袍，顶着一头发卷，几乎没时间往耳边别一朵红玫瑰，好让自己看上去不像自我感觉的那样讨人嫌。打开门后，她对自己的形象更加懊悔了，站在门口的殡葬推销员并不像她想象中那样阴郁呆板，那是一个腼腆的年轻人，穿着格子外套，打着有小鸟图案的彩色领带。尽管巴塞罗那春寒料峭，斜风细雨的天气常常比冬季还让人难以忍受，他却并没有穿大衣。玛利亚·多斯普拉泽雷斯曾接待过无数男人，哪个钟点都碰到过，这次竟然感到有些难为情。她刚过完七十六岁生日，确信自己将在圣诞节前死去。即便如此，她也恨不得关上门，请客人再等一会儿，好让她梳洗打扮一番，以跟他相称的体面方式来接待他。但随即她又觉得，待在黑暗的楼梯间他会冻坏的，于是便请他进来。

"请原谅我这蝙蝠似的模样。"她说，"但是我在加泰罗尼亚待了五十多年，这还是第一次遇到有人准时赴约。"

她说着一口流利的加泰罗尼亚语，纯正得稍显陈腐，虽然语调中仍隐约带着已被遗忘的葡萄牙语的韵律。尽管上了年纪，且满头都是金属发卷，她仍然是一个苗条、有活力的穆拉托女人，粗硬的头发，黄色的眼睛，目光锐利。从很久以前，她就已经对男人失去了好感。推销员刚从明亮的街上进来，还未能适应屋里的昏暗，因此没有对她作任何评论，只是在黄麻纤维编织的脚垫上蹭了蹭鞋底，然后躬身吻了一下她的手。

"你很像我那个年代的男人。"玛利亚·多斯普拉泽雷斯的笑声像一阵冰雹落下，"坐吧。"

虽然从事这行时间不长，但他已经非常清楚，他们不可能受到如此兴高采烈的接待，还是在早上八点钟。何况对方是一位并不慈祥的老妇，第一眼看上去像是从美洲逃出来的疯子。因此，他一直站在离门一步之遥的地方，不知道该说点什么。与此同时，玛利亚拉开了厚重的长毛绒窗帘。四月的惨淡阳光并没有让狭小精致的客厅明亮多少，这儿更像是古董店的玻璃橱窗，里面摆的日用物件一件不多，一件不少，每件都被放置在最合适的位置，搭配得恰到好处。即使是在巴塞罗那这样一个古老又神秘的城市里，也很难找到布置得比这更好的房子。

"对不起，"他说，"我走错门了。"

"我也希望如此。"她回答说，"但死神可不会走错门。"

推销员在餐桌上摊开一幅折叠了好多次的示意图，像航海图一样，上面分布着不同颜色的小块，每个色块上都标注着很多十字和数字。玛

María dos
Prazeres

利亚明白,这是巨大的蒙特惠奇山①公墓的全景图。她怀着深深的恐惧,回忆起玛瑙斯②墓地的情景。在十月的暴雨中,貘在无名的坟头和装饰着佛罗伦萨彩色玻璃的探险者陵墓间嬉戏。在她很小的时候,有一天早晨醒来,泛滥的亚马孙河变成了一个令人作呕的泥塘。她亲眼看到自家院子里漂着裂开的棺材,棺材缝里露出死人的衣角和头发。这就是她选择蒙特惠奇山而不是圣赫瓦西奥③那个小墓地作为安息之所的原因,虽然后者就在附近,而且她很熟悉。

"我想要一个永远不会被淹的地方。"她说。

"那就是这里。"推销员用随身携带的形状像钢笔、可以伸缩的小棍指着地图上的一处,"没有哪个海可以升到这个高度。"

她在布满色块的地图上寻找,直到找到墓地的大门,那里有三座相邻的墓,一模一样,而且都没有名字,安葬着在内战中死去的布埃纳文图拉·杜鲁提和另外两位无政府主义领导人。每天晚上都有人用铅笔、画笔、木炭、眉笔,甚至是指甲油,按照埋葬的顺序,在空白的墓碑上写下他们各自的全名。而每天早上,为了不让人弄清楚在无言的大理石下长眠的究竟是谁,墓地的看守会把字迹擦掉。玛利亚参加了杜鲁提的葬礼,那是巴塞罗那有史以来最悲伤、最群情激奋的葬礼。她希望自己能葬在附近,但是在这个"人口"稠密的公墓绝无可能实现,她只能退

---

① 位于巴塞罗那市中心西南部的一座小山。
② 巴西亚马孙州首府。
③ 巴塞罗那第五区,紧临格拉西亚区。

而求其次。"条件是，"她说，"不能把我装进那种只存放五年的抽屉里，那感觉就像被放进邮筒里一样。"然后，她突然想起最要紧的一点，补充说：

"尤其是，必须让我躺着下葬。"

事实上，由于墓地预售的推广做得声势浩大，有传闻说他们正在推行垂直安葬法来节省更多空间。推销员解释说，那是一些传统殡葬公司恶意散布的谣言，就是为了诋毁分期付款购买墓地这种新兴的营销方式。这番说辞他背得滚瓜烂熟，一听就知道已经被重复过无数次。正说着，门上传来三记轻叩，他有些不确定地停了下来，但玛利亚示意他继续。

"别担心，"她很小声地说，"是诺伊。"

推销员继续刚才的话题，玛利亚对他的解释感到满意。然而，在去开门之前，她想要对已经在心中酝酿成熟多年的想法做个总结。自从经历过玛瑙斯那场传奇的洪水，甚至最私密的细节她都考虑到了。

"我想说的是，"她说，"我要找一处地方，可以躺着被葬在地下，没有被洪水淹没的危险，如果可能的话，夏天能有树荫，而且不会在一段时间之后把我掘出来扔到垃圾堆上。"

她打开临街的门，进来一只被雨淋得浑身湿透的小狗，它那轻松自在的劲头跟屋子里的其他东西格格不入。它刚在附近散完步，一进来就兴高采烈地撒起欢来。它跳上桌子毫无目的地吠着，差点在墓地的地图上留下几个泥爪印。但主人的一个眼神就足以让它安静下来。

María dos
Prazeres

"诺伊,"她平静地说,"下来!①"

小狗缩成一团,惊恐地看着她,两颗晶莹的泪珠从脸上滑落。这时候,玛利亚回过头,准备继续与推销员交谈,发现他一脸困惑。

"见鬼!②"他惊呼道,"它哭了!"

"难得在这个时候看到家里有人,它特别兴奋。"玛利亚轻声向他道歉,"通常它进门的时候比男人们更知礼。除了你,正如我刚才看到的。"

"可是它哭了!真他妈见鬼!"推销员重复道。但他马上就意识到了自己的失态,红着脸道歉:"请原谅,但这种事我在电影里都没见过。"

"只要有人教,所有的狗都能做到。"她说,"事实上,很多狗的主人一辈子都在教它们一些让它们受罪的习惯,比如在盘子里吃饭,按时在固定的地方大小便。相反,却不教那些它们喜欢的很自然的事,比如哭和笑。我们说到哪儿了?"

剩下的事就很简单了。玛利亚不得不接受夏天没有树荫的地方,因为这个墓地中为数不多的阴凉地都是为政府中的达官贵人预留的。而合同里的条件和支付方案都是多余的,因为她想通过现金预付来享受折扣。

一切就绪之后,推销员一边把文件装回文件夹,一边用目光审视房间,被它的精致典雅震动了。他重新打量着玛利亚,就像是刚见到她一样。

---

①② 原文为加泰罗尼亚语。

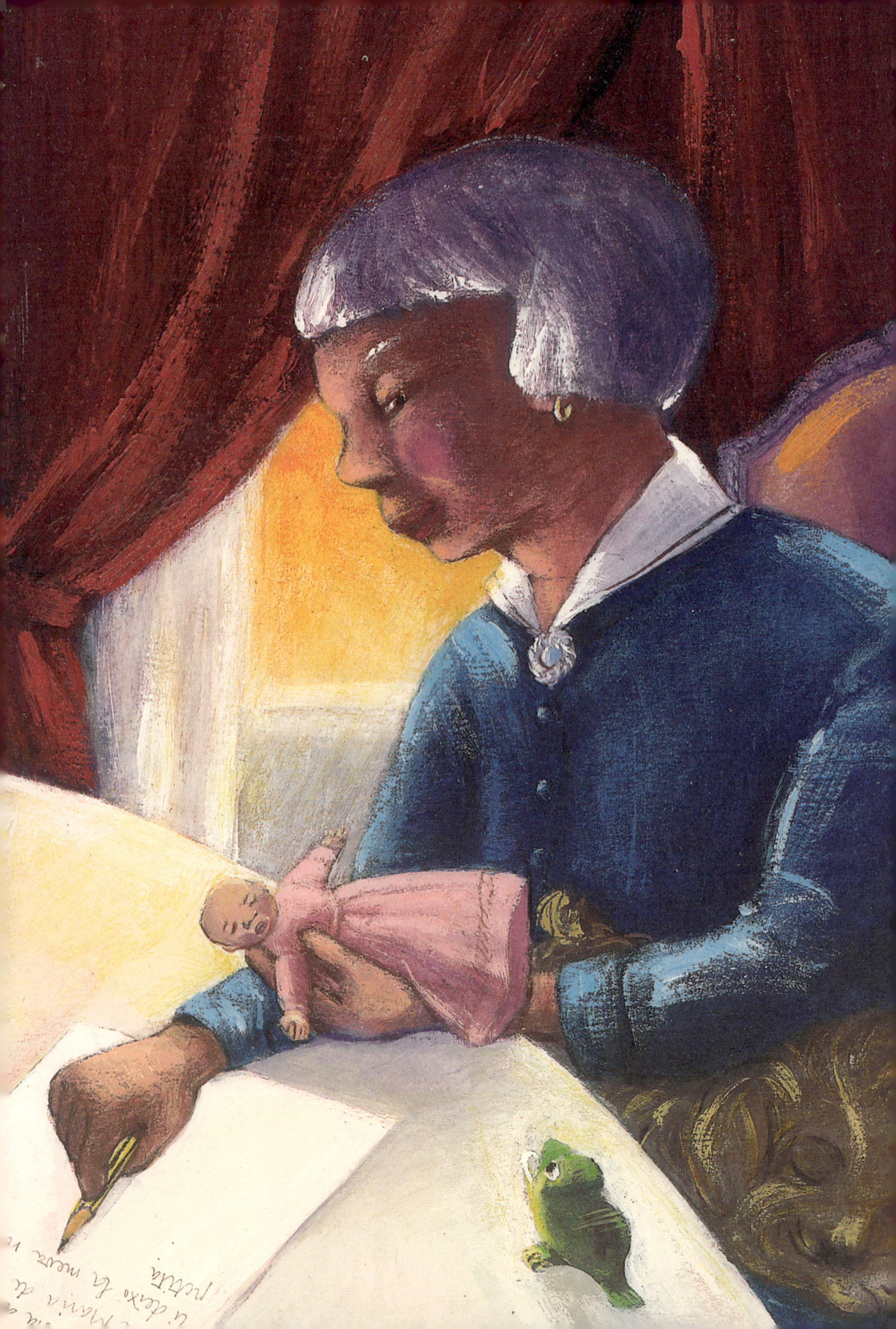

María dos
Prazeres

"我能问您一个很冒昧的问题吗?"他说。

她领着他朝门口走去。

"当然可以。"她说,"只要不是关于年龄。"

"我有一个癖好,根据屋子里的摆设来猜测屋主的职业,但恕我眼拙,"他说,"您是做什么的?"

玛利亚笑得喘不过气来:

"我是妓女,孩子。难道我现在看上去不像了吗?"

推销员脸红了。

"我很抱歉。"

"应该感到抱歉的是我。"她伸手抓住他的胳膊,免得他把脑袋撞到门上,"当心点!在把我好好安葬之前,你可不能先把头磕坏了。"

一关上门,她就抱起小狗开始爱抚它。从附近的幼儿园里传来孩子们的歌声,她用美丽的非洲嗓音跟着唱了起来。自从三个月前在梦中得到自己行将就木的预兆,她感觉比任何时候都更依恋这个陪伴她挨过孤独的小生灵。她对身后财产的分配和躯体的归宿进行了细致的规划,即使立刻就死,也不会烦扰任何人。靠着手头的积蓄,当年她主动选择了退休。这些财产虽然没有凝结太多苦涩的付出,却也是一点一滴积攒下来的。她选择了古老而高贵的格拉西亚村作为最后的栖身之所,如今这里已经被扩张的都市吞噬了。她买下这套夹层公寓的时候,周围一片废墟,空气中永远飘着一股熏鱼的味道,被硝酸盐腐蚀得千疮百孔的墙面上还保留着某场不知名的战役的印记。尽管所有楼层都住满了人,却没有门房，潮湿阴暗的楼梯还缺了几级台阶。玛利亚改造了卫生间和厨房，用颜色明快的挂毯遮住墙面，窗户上装了斜角玻璃和天鹅绒窗帘。最后，她购置了精致的家具、日用品、装饰品、包着丝绸和锦缎的盒子，等等，都是法西斯分子从那些因战败落荒而逃的共和党人遗弃的房子里偷来的，她花了很多年，以可遇不可求的低价悄悄地一件一件买下来。她与昔日的唯一联系是同卡多纳伯爵的友谊。伯爵仍旧在每月的最后一个礼拜五来拜访她，同她一起吃顿晚餐，饭后例行公事地亲昵一番。但即使是这份从年轻时开始的友谊也是秘密的：每次伯爵都会谨慎地把带有家族徽章的车停在很远的地方，然后在黑暗中步行到达她的住所，既是为了保护她的名声，也是为了保护他自己的。在这栋楼里，玛利亚不认识任何人，除了不久前搬进对门的一对非常年轻的夫妇和一个九岁的小女孩。连她自己都觉得难以置信，但事实如此，除了那家人，她没有在楼梯里遇到过任何一位邻居。

然而，在分配遗产的时候，她才发现她同这个社区的联系比她曾经以为的要密切。这些淳朴的加泰罗尼亚人，他们的民族荣誉感被羞怯内敛的性情掩盖住了。连那些最不值钱的小东西她都分给了心中最亲近的人，也就是那些住得离她最近的人。最后，虽然并不确信这样分配很公平，但毫无疑问，她没有落下任何一个应该得到她遗产的人。在这件事上她准备得如此充分，看到她完全凭记忆向记录员口述详尽的财产清单，每一样东西都有准确的中世纪加泰罗尼亚语名称，还有完整的继承人名单，包括他们各自的职业、住址，以及在她心中的位置，阿尔伯尔街的公证人几乎不敢相信自己的眼睛，他为亲眼看到这一切感到自豪。

在墓地推销员来访之后，她变成了为数众多的陵园礼拜日访客之一。跟旁边的墓地主人一样，她也在花坛里种下四季鲜花，浇灌新长出的草坪，并用园艺剪刀把它们修剪得几乎可以同市政府的草坪媲美。她对这个地方越来越熟悉，最终开始疑惑，当初怎么会觉得这里那般荒凉。

第一次去陵园的时候，瞥见大门附近那三座无名墓碑，她的心猛地跳了一下，但她甚至没有停下来朝它们看一眼，因为几步之外就站着警觉的警卫。但是第三个礼拜日，她利用警卫的疏忽，完成了自己最大的心愿之一：用唇膏在第一座遭受雨水冲刷的墓碑上写下杜鲁提的名字。从那时起，只要一有机会她就这样做，有时只写一个墓碑，有时候写两个、三个，每次表面都很镇定，心中却因怀旧而波澜起伏。

九月末的一个礼拜日，她目睹了那个山坡上的第一场葬礼。三个礼拜后，某个冷风肆虐的下午，一个刚结婚的年轻女孩被安葬在她旁边的墓穴。到这年年底，已有七块墓地的主人入土为安。但在短暂的冬季，这个数字没有发生变化。她没有感到任何不适。随着天气逐渐转暖，从打开的窗户涌进来生活的种种喧嚣。她感觉自己更有活力去摆脱梦中那个神秘的预兆了。在最热的几个月里，卡多纳伯爵去山上避暑，回来后发现她甚至比五十多岁时那种令人惊异的青春状态更有魅力。

经历了很多次失败，玛利亚终于成功地让诺伊在布满了一模一样的墓穴的广阔山坡上辨认出了她的墓地，然后开始努力教它在空墓穴前哭泣，以便在她死后，它出于习惯会继续这么做。她一次又一次带着它从家步行到陵园，把路上的标志性建筑指给它看，好让它记住从兰布拉大街出发的那趟公交车的路线，直到觉得它足够老练，可以独自前往。

最后演练的那个礼拜日，下午三点，她为它脱下春天的小马甲，一方面是因为夏天马上就要到了，另一方面也是为了不引起人们的注意，然后把它放了出去。看着它摇晃着尾巴，扭动着结实而悲伤的小屁股，沿着树荫下的人行道一路小跑，越走越远，她几乎忍不住要落下泪来，为自己，也为它，更为了这么多年怀着共同的幻想度过的苦涩岁月，直到看见它拐过马约尔大街的街角，朝着大海的方向走去。十五分钟后，她在旁边的莱塞普广场坐上了从兰布拉大街出发的公交车，设法透过车窗看它而不被它发现。果然，它正在格拉西亚步行街的人行道上等绿灯，在一群欢度周末的孩子中间显得遥远而严肃。

"我的天，"她叹了口气，"它看上去多么孤独。"

她在蒙特惠奇山上顶着烈日等了将近两个小时，其间跟几个人打了招呼。记不清是哪几个礼拜日，他们曾在这里痛不欲生地埋葬亲人。她几乎认不出他们了，因为从那时到现在已经过了这么长时间，他们不再穿着丧服，不再哭泣，在墓前放上鲜花的时候也不再想着死去的人。过了一会儿，所有人都走了，她听到一声凄厉的汽笛声，惊走了海鸥。在无边无际的大海上，航行着一艘挂着巴西国旗的横渡大西洋的白色轮船。她多么希望它为她捎来一封来自某人的信，这个人为了她可能已经死在

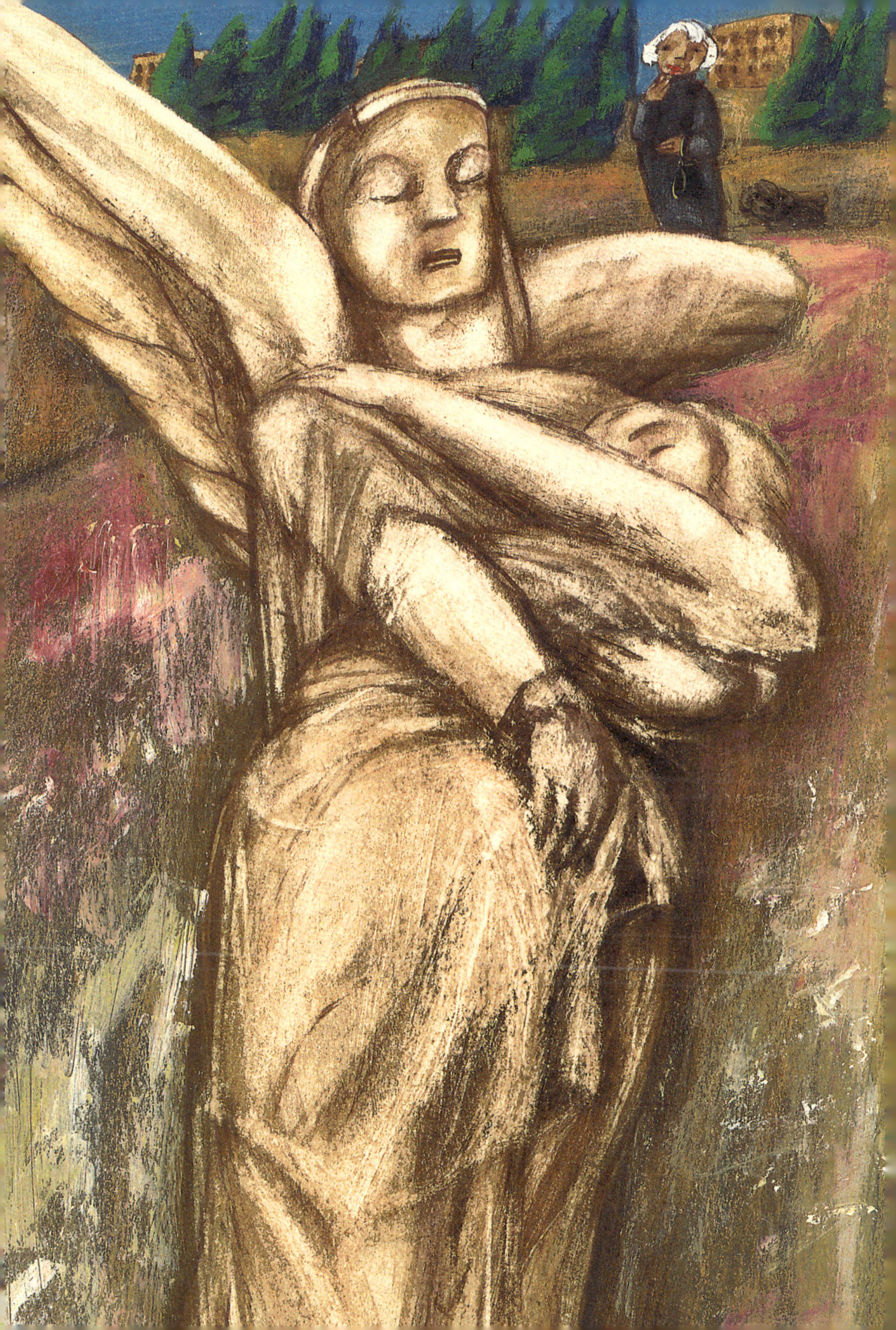

了伯南布哥①的监狱里。五点刚过,诺伊就出现在山坡上,比预计的时间早到了十二分钟。它因为疲惫和炎热流着口水,但是像一个胜利的孩子一样得意扬扬。那一瞬间,玛利亚克服了对于没有人在她墓前哭泣的恐惧。

第二年秋天,她又开始觉察到不祥的征兆,却无法解释。心情越来越沉重。她又开始在大钟广场的金合欢树下喝咖啡,穿着狐狸尾毛领大衣,戴着假花装饰的帽子,这帽子的式样如此古老,以至于又开始流行。她绷紧了神经,试图解释自己的不安。她窥探兰布拉大街上卖鸟的女人们的喋喋不休、围着书摊的男人们的窃窃私语(这么多年来他们第一次没在谈论足球),以及给鸽子喂面包屑的伤兵们深深的沉默。在所有地方她都捕捉到了确凿无疑的死亡信号。圣诞节到了,金合欢树之间亮起了五颜六色的彩灯,从各家的阳台上传来音乐和欢声笑语,一大群与我们的命运毫不相干的游客占领了露天咖啡座。但即便是在热烈的节日气氛中,仍然能够感受到那种压抑的紧张,就像无政府主义者占领街道之前一样。玛利亚亲身经历过那个激情四射的年代,她无法控制内心的不安。有生以来第一次,她因为对死亡的恐惧从睡梦中惊醒。一天晚上,就在她的窗外,国家安全局的爪牙枪杀了一个学生,因为他用大刷子在墙上写下了:"自由的加泰罗尼亚万岁!②"

"我的天,"她惊讶地想,"好像所有东西都在跟我一同死去。"

---

① 巴西东北部城市,濒临大西洋。
② 原文为加泰罗尼亚语。

Maria dos Prazeres

只有在很小的时候，在玛瑙斯，她曾经体会过这样的焦灼：天亮前一分钟，暗夜里的各种噪音突然沉寂下来，水流停止了，时间也踌躇不前，亚马孙雨林陷入了深渊般的寂静，只有死亡的寂静可以与之相提并论。在那样无可纾解的紧张情绪中，四月的最后一个礼拜五，卡多纳伯爵像往常一样来她家吃饭。

这种拜访已经变成了一种习惯。伯爵总是在晚上七点到九点之间准时到达，带着一瓶国产香槟和一盒包心松露巧克力，为了不引人注目，还用当天的晚报包着酒瓶。玛利亚为他准备奶酪肉末卷饼和汤浓肉烂的煨鸡，这是那些家世显赫的加泰罗尼亚人在他们的风光年代里最喜欢的菜肴，餐后还有用时令水果榨的果汁。她在厨房忙活的时候，伯爵就在唱机旁一边听着古旧版本的意大利歌剧片段，一边小口抿着波尔图葡萄酒，一杯就足以撑到听完所有唱片。

晚餐通常会持续很长时间，一边吃一边聊天。饭后他们会凭着记忆做爱，毫无激情，过后两人都像经历了一场灾难。通常快到半夜的时候，伯爵才匆忙离去，离开前会在卧室的烟灰缸底下留二十五比塞塔①。这是他在帕拉雷洛大街的一家旅馆里第一次见到玛利亚时她的价格，也是唯一一样经历了时间的侵蚀还保持原样的东西。

他们两人都没有思考过，这份友谊建立在什么样的基础上。玛利亚欠他一些不大的人情。在理财方面，他给过她一些适时的建议，教她如

---

① 西班牙旧货币单位，已于 2002 年停用。

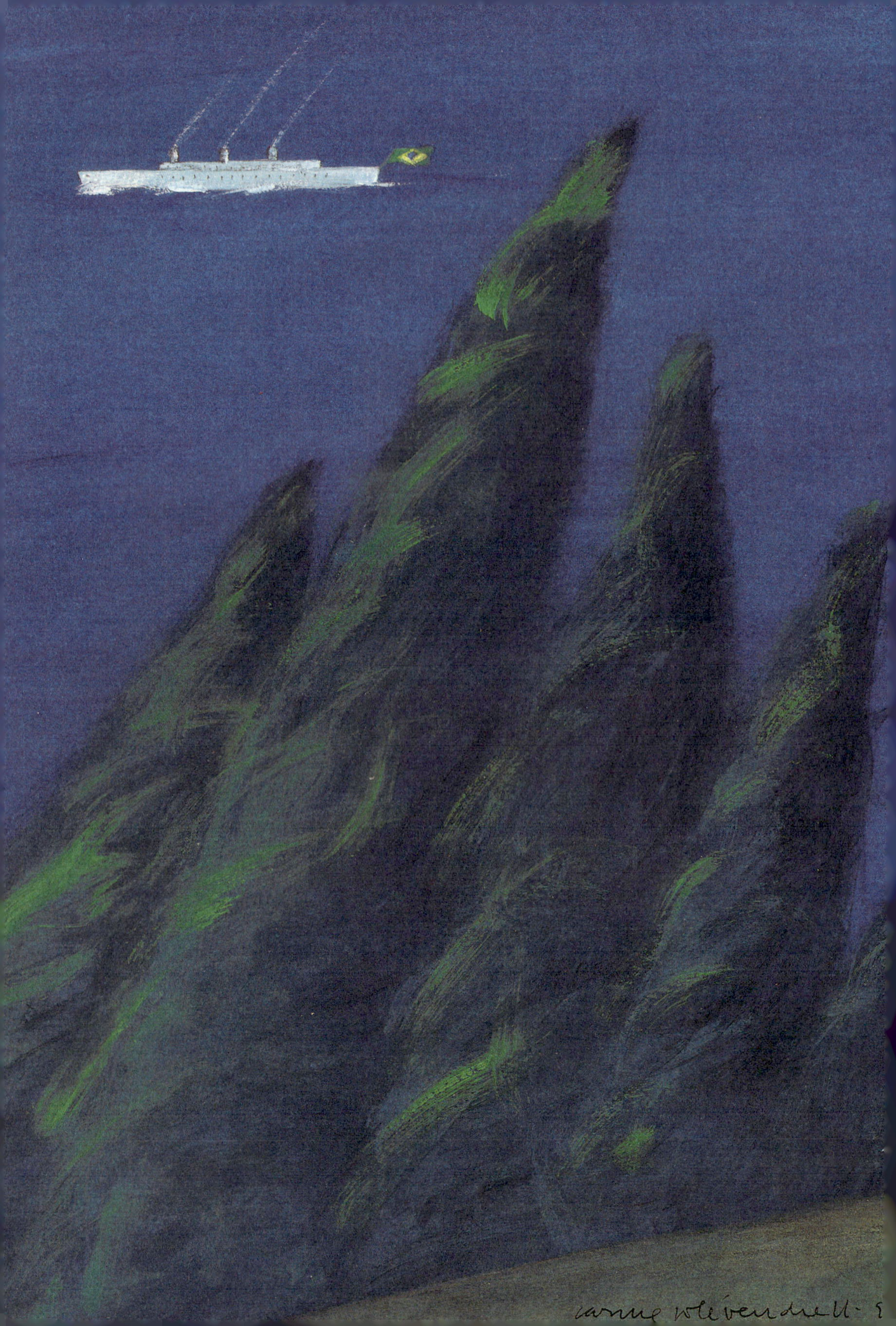

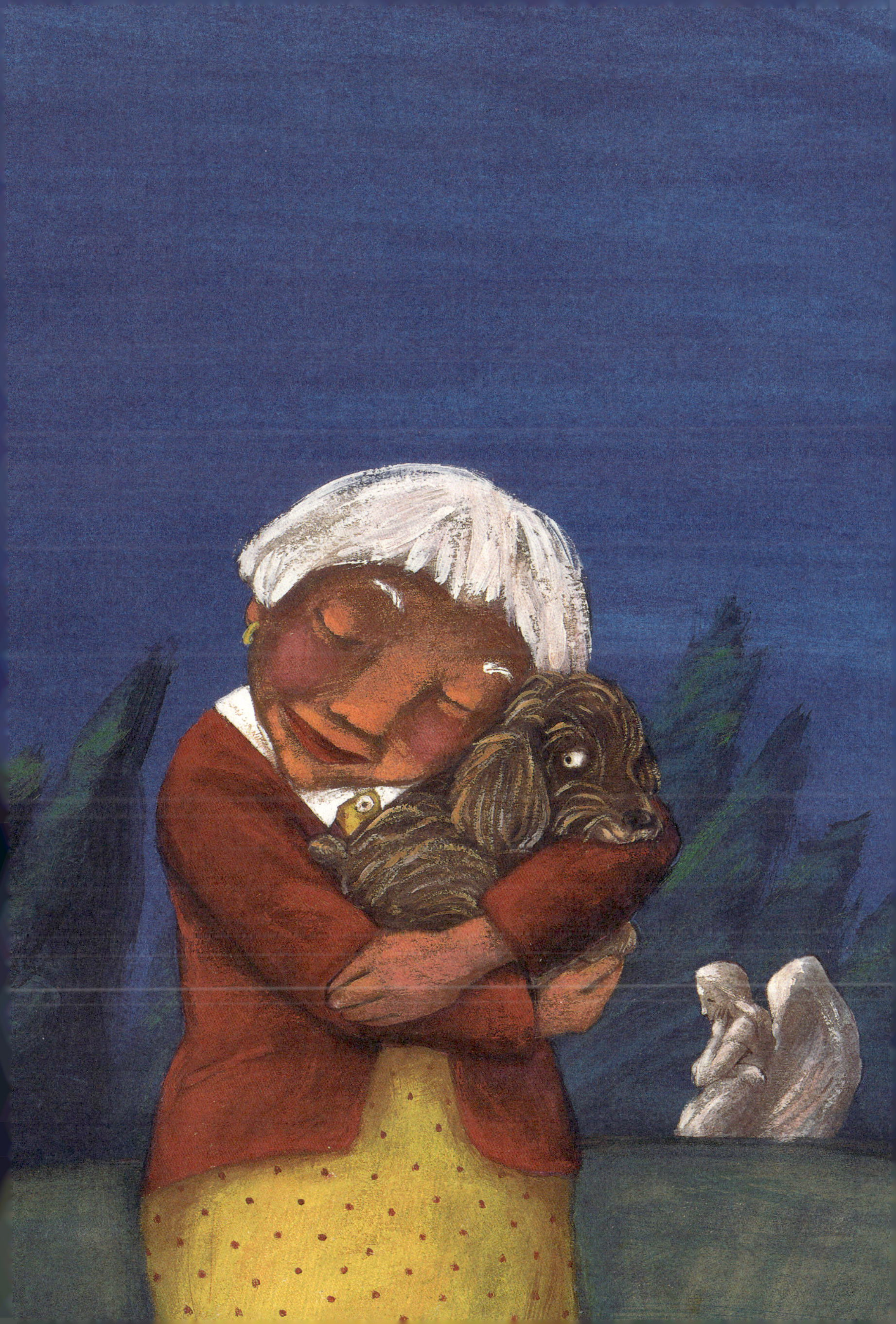

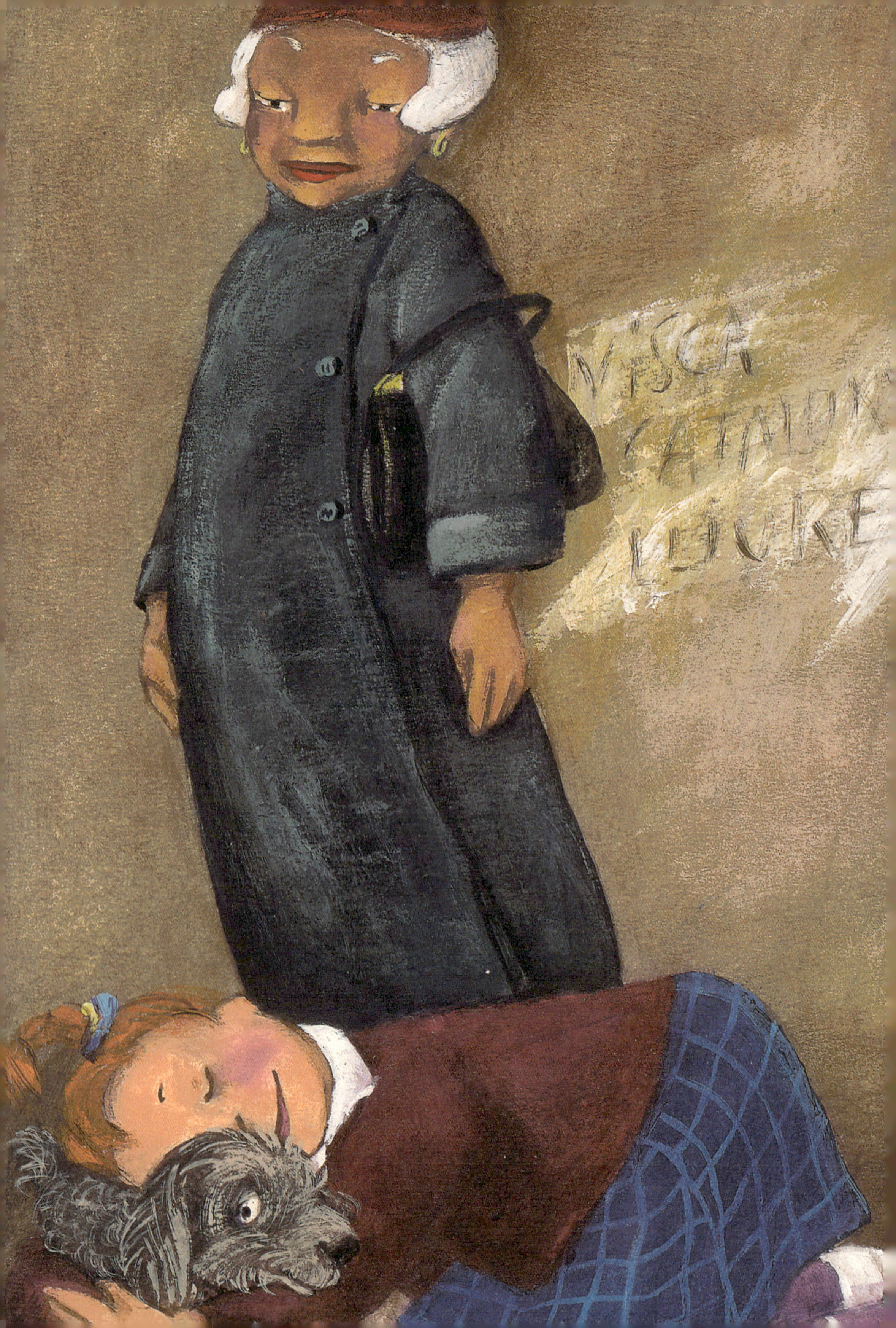
VISCA
CATALUN
LLIURE

María dos Prazeres

何辨别那些古董的真实价值，以及用什么方式得到它们才不会被发现是赃物。但最重要的是，当她待了一辈子的妓院认为她已经太老了，不符合现代口味，想把她打发到一个秘密的老年妓院，以每次五比塞塔的价格教小男孩们做爱的时候，是他为她指了一条明路：在格拉西亚区度过有尊严的晚年。她曾告诉过伯爵，她十四岁时，母亲在玛瑙斯的港口把她卖给一艘土耳其轮船上的大副，他在穿越大西洋的航程中无情地蹂躏她，之后把她抛弃在帕拉雷洛大街肮脏的灯光下，身无分文，语言不通，没有身份。他们两人都清楚，彼此的共同点太少，即便待在一起，也不会少些孤独。但两人都没有勇气破除习惯的诱惑，直到一桩举国震动的事件使他们同时发现，这么多年以来，他们彼此之间是如何深深怨恨，又充满柔情。

他们的决裂发生得很突然。当时卡多纳伯爵正在听利西亚·阿尔巴内塞[1]和贝尼亚米诺·吉利[2]演唱的二重唱爱情歌剧《波西米亚人》[3]，玛利亚在厨房听收音机。突然，收音机里的一条新闻引起了他的注意。他轻手轻脚地走近厨房，也听了起来。三个巴斯克[4]分裂主义者刚刚被判处死刑，而弗朗西斯科·佛朗哥将军，西班牙永恒的统治者，将决定他们最终的命运。伯爵长出了口气。

"那么毫无疑问他们会被枪毙了。"他说，"因为领袖是个公正的人。"

---

[1] 利西亚·阿尔巴内塞（1909—2014），意大利裔美籍歌剧女高音歌唱家。
[2] 贝尼亚米诺·吉利（1890—1957），意大利歌剧男高音歌唱家。
[3] 意大利歌剧作曲家贾科莫·普契尼（1858—1924）的作品。
[4] 西班牙西北部自治区。

玛利亚用眼镜王蛇一般灼灼的目光盯着他，看到他金框眼镜后面毫无生气的眼睛、猛禽般的牙齿、习惯了黑暗潮湿的动物那样畸形的双手。他就是这样。

"那你就祈求上帝不要发生这样的事，"她说，"因为只要有一个人被枪毙，我就往你的汤里投毒。"

伯爵吓了一跳。

"这是为什么？"

"因为我也是一个公正的妓女。"

卡多纳伯爵再也没有来过，玛利亚确信她生命的最后一个周期结束了。事实上，直到不久之前，如果在公交车上有人给她让座，过马路时有人试图帮她，或者上楼梯的时候有人搀着她，她还会感到愤愤不平。但现在，她不但接受了，甚至开始觉得这是一种无奈的需要，希望被满足。于是，她请人做了一块无政府主义者的墓碑，既没有名字也没有日期，睡觉时不再插上门闩，万一她在睡梦中死去，诺伊可以把消息传递出去。

一个礼拜日，她从墓地回来时，在楼梯平台上遇到了住在对门的小女孩。她陪着小女孩走了好几个街区，一边看着小女孩跟诺伊像老朋友一样嬉闹，一边以老祖母的坦率同小女孩聊各种事情。在钻石广场，像计划的那样，她请小女孩吃了一个冰激凌。

"你喜欢小狗吗？"她问。

"特别喜欢。"小女孩回答。

María dos
Prazeres

于是玛利亚向小女孩提出了从很久以前就开始在心中酝酿的建议。

"如果有一天我出了什么事,你来照顾诺伊吧。"她说,"唯一的条件就是每个礼拜日放它自由行动。什么都不用担心,它知道该怎么做。"

小女孩很高兴。玛利亚也兴高采烈地回了家,觉得实现了心中酝酿成熟多年的梦想。然而,这个梦想并没有变成现实,不是因为迟暮的脆弱,也不是因为死神姗姗来迟,甚至都不是她自己的决定。命运为她选择了十一月一个寒冷的下午。她离开公墓时,突然下起了暴雨。那时她刚在那三块无名碑上写下逝者们的名字,正朝公交车站走去。一阵突如其来的雨浇得她浑身湿透,她匆忙躲到一个废弃的街区的门廊下。这个街区看上去像是在另一个城市,倒塌的仓库、落满灰尘的厂房和巨大的货车使暴雨的喧嚣更加可怖。她试图用身体暖和被淋湿的小狗,与此同时,眼睁睁地看着挤得满满的公交车和插着停运小旗的空出租车一辆接一辆疾驰而过,没有一个人理会她求助的手势。就在她完全绝望,觉得只能指望奇迹的时候,一辆豪华的金色轿车几乎是无声无息地从洪水泛滥的街上驶过,突然在街角停下,然后倒回她站的地方。唰的一声,车窗神奇地降了下来,司机表示可以捎她一程。

"我要去很远的地方。"玛利亚诚恳地说,"但是如果您能带我一段,让我离家更近一点的话,那就帮了我的大忙。"

"请告诉我您去哪儿。"司机坚持说。

"去格拉西亚。"她说。

没有任何触碰,车门自动开了。

"我也要去那儿。"他说,"上车吧。"

坐在弥漫着冷藏药品味道的车里,外面的大雨显得如此不真实,城市变了颜色,她感到自己身处一个陌生而幸福的世界,在这个世界中所有的事情都已注定。司机像是会魔法一般,驾驶车子在混乱的车流中游刃有余地前进。玛利亚有些难为情,不仅因为自己的狼狈,也因为在她膝头睡觉的小狗的可怜样。

"这简直是一艘远洋轮船。"她觉得应该说点体面的话,"我从来没见过这么高级的车,做梦都没梦见过。"

"事实上,它唯一的缺点就是不属于我。"他的加泰罗尼亚语说得磕磕绊绊,停顿了片刻,又用卡斯蒂利亚语补充道:"我一辈子的薪水加起来也买不起。"

"我能想象。"她叹了口气。

她斜着眼睛打量他,发现他几乎还是个孩子。他的脸被仪表盘的光映成了绿色,头发又短又鬈曲,侧影像一尊古罗马铜像。她想他并非美男子,但是有一种特别的魅力,身上那件穿得很旧的廉价皮夹克十分衬他。每次看到他回家,他母亲肯定感到非常幸福。只有那双粗糙的手能让人相信他真的不是这辆车的主人。

一路上他们没再交谈,但玛利亚感觉到他几次偷偷看她,这让她再次为自己到这把年纪还活着感到难过。她觉得自己既丑陋又可悲:刚开始下雨的时候她把做饭时用的手巾随便往头上一系,身上还穿着单薄的秋装,因为整天想着死亡,尚未想到换上应季的装束。

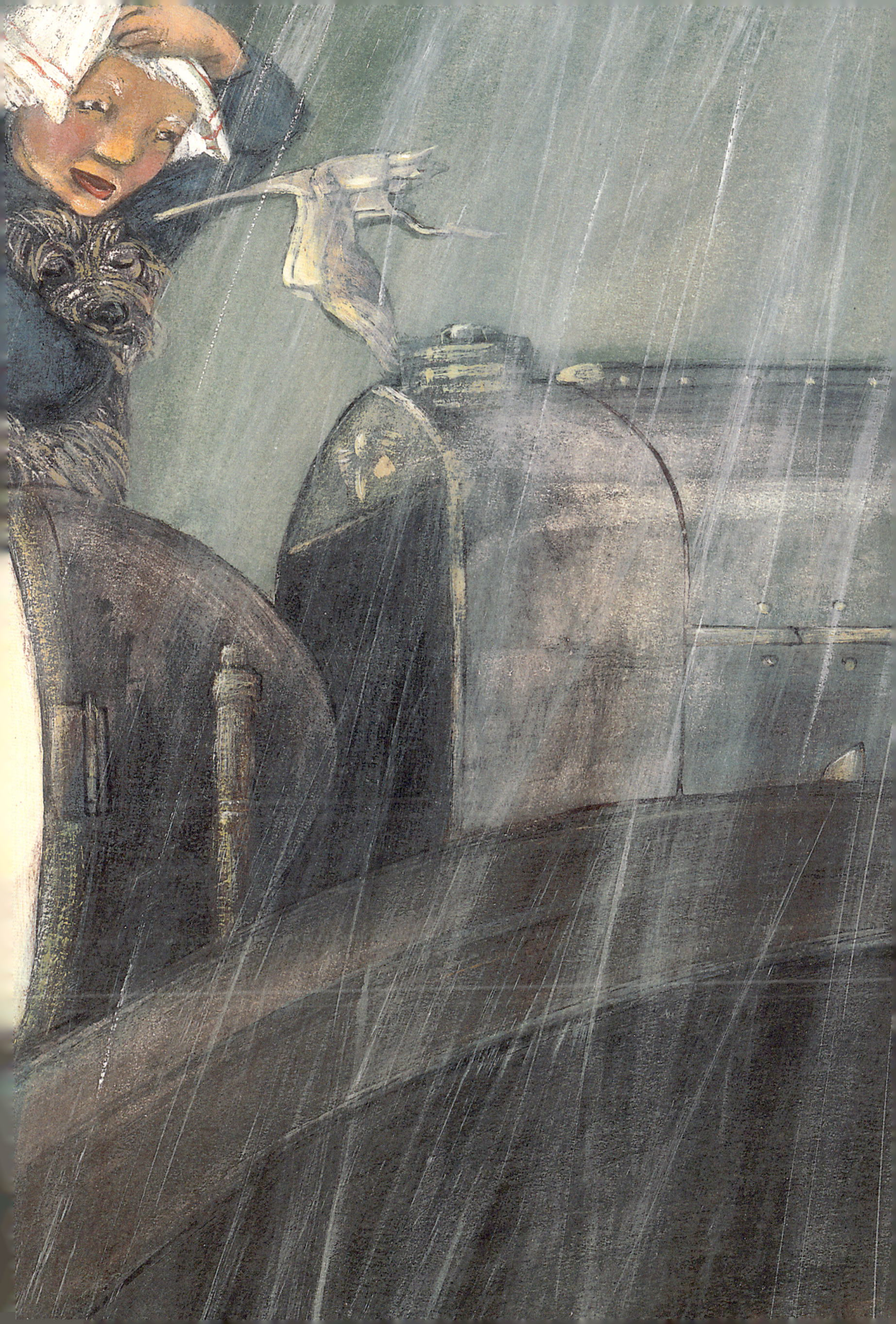

当他们到达格拉西亚区的时候，雨渐渐停了。夜幕降临，街灯亮了。玛利亚告诉司机把她放在附近的一个街角，但他坚持要把她送到家门口。不仅如此，他还把车停到人行道旁，这样她下车时就不会弄湿鞋子。她放开小狗，尽力用最体面的姿势下了车。但当她回头表示感谢时，遇到的却是让她呼吸暂停的男性目光。她与那双眼睛对视了片刻，不太明白是谁在期待什么，或是在期待谁。这时，他用非常坚决的口气问：

"我能上去吗？"

玛利亚感觉受到了侮辱。

"非常感谢您能捎我一段，"她说，"但我不允许您这样取笑我。"

"我没有理由嘲笑任何人。"他用卡斯蒂利亚语说，语气严肃而坚决，"更别提是对您这样的女士。"

玛利亚见过很多这样的男人，也拯救过很多比他更大胆、为她死去活来的男人，但在漫长的一生中，从来没有像现在这样害怕做出决定。她听到他又问了一遍，语气没有丝毫改变：

"我能上去吗？"

她下了车，但没有关上车门。为了确保他能听懂，她用卡斯蒂利亚语回答说：

"悉听尊便。"

她走进昏暗的门厅，借着斜射进来的街灯的光线，开始爬第一段楼梯。她双膝发抖，被恐惧压得喘不过气来，这种恐惧她曾经以为只有在临死的时候才能体会到。她在家门口停下脚步，颤抖着急切地在口袋里寻找钥匙，街上连着传来两下关车门的声音。跑在前面的诺伊刚想叫，她极其小声地命令它："闭嘴！"几乎就在同时，她感觉到有人走上了那松松垮垮的楼梯，她的心都要跳出来了。那一瞬间，她重新完整地审视了一遍三年前那个改变她生活的隐含预兆的梦，恍然大悟。

"我的天。"她惊讶地想，"原来那不是死亡。"

最后她终于找到了门锁，听着黑暗中的脚步声，听着黑暗中正在靠近的那个和她一样惶恐的人越来越清晰的呼吸声，她意识到，等待了这么多年，在黑暗中忍受了这么多痛苦，都是值得的，哪怕只是为了经历这一瞬间。

图书在版编目（CIP）数据

光恰似水 /（哥伦）加西亚·马尔克斯著；（西）卡梅·索莱·本德莱尔绘；罗秀等译. -- 海口：南海出版公司，2024.6
ISBN 978-7-5735-0904-8

Ⅰ. ①光… Ⅱ. ①加… ②卡… ③罗… Ⅲ. ①短篇小说－小说集－哥伦比亚－现代 Ⅳ. ①I775.45

中国国家版本馆CIP数据核字(2024)第085656号

光恰似水

〔哥伦比亚〕加西亚·马尔克斯 著
〔西班牙〕卡梅·索莱·本德莱尔 绘
罗秀 陶玉平 刘习良 笋季英 译

出　　版	南海出版公司　（0898)66568511
	海口市海秀中路51号星华大厦五楼　邮编 570206
发　　行	新经典发行有限公司
	电话(010)68423599　　邮箱 editor@readinglife.com
经　　销	新华书店
责任编辑	侯明明
特邀编辑	刘书含　梅　清　吕宗蕾
营销编辑	杨美德　李琼琼　陈歆怡
装帧设计	韩　笑
内文制作	田小波
印　　刷	北京奇良海德印刷股份有限公司
开　　本	710毫米×980毫米 1/16
印　　张	8.5
字　　数	32千
图 幅 数	38幅
版　　次	2024年6月第1版
印　　次	2024年6月第1次印刷
书　　号	ISBN 978-7-5735-0904-8
定　　价	69.00元

版权所有，侵权必究
如有印装质量问题，请发邮件至 zhiliang@readinglife.com

著作权合同登记号　图字：30-2024-056

© GABRIEL GARCÍA MÁRQUEZ, and Heirs of GABRIEL GARCÍA MÁRQUEZ
"La siesta del martes" from LOS FUNERALES DE LA MAMÁ GRANDE, © 1962
"Un señor muy viejo con unas alas enormes" and "El último viaje del buque fantasma" from
LA INCREÍBLE Y TRISTE HISTORIA DE LA CÁNDIDA ERENDIRA
Y DE SU ABUELA DESALMADA, © 1972
"María dos prazeres", "El verano feliz de la señora Forbes" and "La luz es como el agua" from
DOCE CUENTOS PEREGRINOS, © 1992
© CARME SOLÉ VENDRELL, (for the illustrations), 1999.